Friderich Christoph Jo. Fischer

über die
Probenächte
der
teutschen Bauermädchen

Hochwohlgebohrner Freiherr,
Hochgebitender Herr Staats-
und Justiz-Minister,

Gnädiger Herr!

Verwegenheit wird es scheinen, dass ich eine Schrift E u e r
H o c h f r e i h e r r l i c h e n E x c e l l e n z zu überreichen wage, die ihrer äusserlichen Gestalt nach eines hohen Mäcens nicht
sehr würdig ist, ja dem Anscheine nach mit der heutigen Sittlich-
keit kontrastiret. Allein die genauere Einsicht davon, hoffe ich,
solle dise ersten übeln Eindrüke wider austilgen, und ihr neben
andern Werken, die zur Aufklärung der Menschheit, zur Verbes-
serung der Sitten und zur Aufnahme unsrer Gattung geschrieben
sind, ein Plätzchen erlauben. Doch, was für ein Schicksal sie
auch haben mag, so kan ich in Untertänigkeit versichern, dass
bloss tife Verehrung der erhabensten Verdinste, innigste Emp-
findung von Dankbarkeit für empfangene Gnadenbezeugungen
und brünstiger Eifer, Proben der vollständigsten Anhänglichkeit
abzulegen, die Beweggründe gewesen sind, die mich zu disem
Schritte hinleiteten.

Ich bekenne mich mit aller Ehrfurcht

Euer Hochfreiherrl. Excellenz

Berlin,
den 2. Decemb.
1779.

ganz Untertäniger.

Der V.

Innhalt.

[1]

Ueber

die Probenächte

der

teutschen Bauermädchen.

[2]

[3]

I.

Beinahe in ganz Teutschland und vorzüglich in der Gegend Schwabens, die man den Schwarzwald nennet, ist unter den Bauren der Gebrauch, dass die Mädchen ihren Freiern lange vor der Hochzeit schon dieienige Freiheiten über sich einräumen, die sonst nur das Vorrecht der Ehmänner sind. Doch würde man sehr irren, wenn man sich von diser Sitte die Vorstellung machte, als wenn solche Mädchen alle weibliche Sittsamkeit verwahrlost hätten, und ihre Gunstbezeugungen ohne alle Zurükhaltung an die Libhaber verschwendeten. Nichts weniger! Die ländliche

Schöne weiss mit ihren Reizen auf eine ebenso kluge Art zu wirt-
schaften, und den sparsamen Genuss mit ebensoviler Sprödigkeit
zu würzen, als immer das Fräulein am Puztische.

Sobald sich ein Bauermädchen seiner Mannbarkeit zu nähern
anfängt, sobald findet es sich, nachdem es mehr oder weniger
[4] Vollkommenheiten besizt, die hir ungefähr im ähnlichen Ver-
hältnisse, wie bei Frauenzimmern von Stande, geschäzt werden,
von einer Anzahl Libhaber umgeben, die solange mit gleicher
Geschäftigkeit um seine Neigung buhlen, als sie nicht merken,
dass einer unter ihnen der Glücklichere ist. Da verschwin-
den alle Uebrigen plözlich, und der Libling hat die Erlaubnis,
seine Schöne des Nachts zu besuchen. Er würde aber den ro-
mantischen Wohlstand schlecht beobachten, wenn er den Weg
geradezu durch die Hausthür nehmen wollte. Die Dorfsetiquette
verlangt nothwendig, dass er seine nächtlichen Besuche durch
das Dachfenster bewerkstellige. Wie unsere ritterbürtige Ahnen
erst dann ihre Romane glüklich gespilt zu haben glaubten, wenn
sie bei ihren verlibten Zusammenkünften unersteigliche Felsen
hinanzuklettern und ungeheure Mauren herabzuspringen gehabt;
oder sich sonst den Weg mit tausend Wunden hatten erkämpfen
müssen, ebenso ist der Bauerkerl nur dann mit dem Fortgange
seines Libesverständnisses zufriden, wenn er bei iedem seiner
nächtlichen Besuche alle Wahrscheinlichkeit für sich hat, den
Hals zu brechen, oder wenn seine Göttin, während dem er zwischen Himmel und Erde in grösster Lebensgefahr dahängt, ihm
aus ihrem Dachfenster herunter die bittersten Nekereien zuruft.
[5] Noch in seinen grauen Hahren erzehlt er mit aller Begeisterung
dise Abenteuer seinen erstaunten Enkeln, die kaum ihre Mannheit erwarten können, um auf eine ebenso heldenmütige Art zu
liben.[1]

Dise mühsame Unternehmung verschaft anfangs dem Libha-

---

[1] In welch augenscheinliche Lebensgefahr begeben sich nicht zuweilen die
Bauren in disen Umständen, und wie vermeiden sie nicht mit Fleiss alle
Gelegenheit, sich auf eine bequemere Weise zu sehen!

ber keine andere Vorteile, als dass er etliche Stunden mit seinem Mädchen plaudern darf, das sich um dise Zeit ganz angekleidet im Bette befindet, und gegen alle Verrätereien des Amors wol verwahrt hält. Sobald sie eingeschlafen ist, so muss er sich plözlich entfernen, und erst nach und nach werden ihre Unterhaltungen lebhafter. Ja in der Folge giebt die Dirne ihrem Buhler unter allerlei ländlichen Scherzen und Nekereien Gelegenheit, sich von ihren verborgenen Schönheiten eine anschauliche Erkenntnis zu erwerben; lässt sich überhaupt von ihm in einer leichtern Kleidung überraschen, und gestattet ihm zulezt alles, womit ein Frauenzimmer die Sinnlichkeit einer Mannsperson befridigen kan. Doch auch hir wird immer noch ein gewisses Stufenmass beobachtet, wovon mir aber das Detail anzugeben, die Zärtlichkeit des heutigen Wolstands verbeut. Man kan indess viles aus der Benennung P r o b e n ä c h t e erraten, welche [6] die leztern Zusammenkünfte haben, da die Erstere eigentlich K o m m n ä c h t e heissen.

Sehr oft verweigern die Mädchen ihrem Libhaber die Gewährung seiner lezten Wünsche solang, bis er Gewalt braucht. Das geschiht allezeit, wenn ihnen wegen seiner Leibesstärke einige Zweifel zurük sind, welche sie sich freilich auf keine so heikle Weise, als die Witwe Wadmann aufzulösen wissen. Es kömmt daher ein solcher Kampf dem Kerl oft sehr teuer zu stehen, weil es nicht wenig Mühe kostet, ein Baurenmensch zu bezwingen, das iene wollüstige Reizbarkeit nicht besizt, die Frauenzimmer von Stande so plözlich entwafnet. Disen Umstand meinen Lesern etwas begreiflicher zu machen, muss ich mich auf eine Reisebeschreibung[2] berufen, worinn von den Europäern mit den schönen Tschirkassirinnen verschidene Versuche angestellt worden sind; denn sonst laufe ich Gefahr, dass man auf meine Erfahrungen ein ganz unverdintes Vertrauen sezt.

Die Probenächte werden alle Tage gehalten, die Kommnächte

---

[2] Johann Jacob Straussens Reisen etc. Amsterdam 1678.

nur an den Sonn- und Feiertagen und ihren Vorabenden. Die Erstere dauren solange, bis sich beide Teile von ihrer wechselseitigen physischen Tauglichkeit zur Ehe genugsam überzeugt haben, oder bis das Mädchen schwanger wird. Hernach tut der Bauer erst die förmliche Anwerbung um sie, und das Verlöbnis und die Hochzeit folgen schnell darauf. Unter den Bauren, deren Sitten noch in grosser Einfalt sind, geschiht es nicht leicht, dass Einer, der sein Mädchen auf dise Art geschwängert hat, sie wieder verliesse. Er würde sich ohnfehlbar den Hass und die Verachtung des ganzen Dorfs zuzihen. Aber das begegnet sehr häufig, dass beide einander nach der Ersten oder Zweiten Probnacht wider aufgeben. Das Mädchen hat dabei keine Gefahr, in einen übeln Ruf zu kommen; denn es zeigt sich bald Ein anderer, der gern den Roman mit ihr von vorne anhebt. Nur dann ist ihr Name zweideutigen Anmerkungen ausgesezt, wenn sie mehrmals die Probzeit vergebens gehalten hat. Das Dorfpublikum hält sich auf disen Fall schlechterdings für berechtiget, verborgene Unvollkommenheiten bei ihr zu argwöhnen. Die Landleute finden ihre Gewohnheit so unschuldig, dass es nicht selten geschiht, wenn der Geistliche im Orte einen Bauren nach dem Wohlsein seiner Töchter frägt, dieser ihm zum Beweise, dass sie gut heranwüchsen, mit aller Offenherzigkeit und mit einem väterlichen Wolgefallen erzehlt, wie sie schon anfiengen, ihre Kommnächte zu halten. Keyssler gibt in seinen Reisen[3] uns eine sehr drollichte Erzehlung von einem Prozesse, den die Bregenzer Bauren ehmals zur Verteidigung einer solchen Gewohnheit geführt haben, die sie f ü g e n nennen. Die Kasuisten, die sich eben nicht immer von den erlaubten und unerlaubten Begattungsarten die richtigsten Begriffe machen, und manchmal dasienige für Sünde halten, was keine ist, und dasienige nicht dafür halten, was doch eine ist, ereiferten sich von ie her sehr über disen ländlichen Gebrauch. Er musste ihnen daher sehr oft zum Stoffe dienen, ihre Beredsam-

---

[3] Hannover 1740. Brief IV. Seite 21.

keit auf eine sehr vorteilhafte und pathetische Weise zu zeigen.
Die katholischen Landprister, die mit den Angelegenheiten und
mit dem Charakter ihrer Seelenbefohlnen zuweilen etwas näher,
als die Protestanten mit den Jhrigen bekannt sind, und mithin
die Untadelhaftigkeit diser Sitte besser einsehen, äussern darüber
mehr Duldsamkeit als die Leztere, die nie unterlassen, ihre Bauren deswegen mit den heftigsten Strafpredigten zu verfolgen, und
weil doch leider heutzutage, wo die Welt so ganz im Argen ligt,
dise Züchtigungen nicht allezeit von Wirkung sind, so verab-
säumen sie keine Gelegenheit, zu Vertilgung dises heidnischen
Greuels den weit kräftigern weltlichen Arm zu Hülfe zu rufen.   [9]
Die Klagen eines gewissen geistlichen Aufsehers im Herzogtume
Würtemberg vom XVI. Jahrhundert habe ich im II. Bande meines
V e r s u c h s   ü b e r   d i e   G e s c h i c h t e   d e r   t e u t s c h e n
E r b f o l g e[4] bekannt gemacht. Der Kanzler von Ludewig[5] ver-
warf ebenfalls disen Gebrauch mit Geringschäzung, und tat auf
den Kardinal Heinrich von Segusio, welcher denselben schon im
XIII. Jahrhundert bei den Sachsen beobachtete, einen sehr hasti-
gen Ausfall. Wenn es der Wohlstand nicht untersagte, gewisse   [10]

---

[4] Im II. Teil des Urkundenbuchs. Seite 332. 333.

[5] In den „Hallischen Anzeigen", 1735, no. 34. 35 und bei Joachim in der
Geschichte der teutschen Reichstäge, Halle 1762. Band I. S. 134. §. 26. „Die
Meiste unter denselben (den alten Kanonisten) berufen sich auf den vornehm-
sten Ausleger, den Hostiensem. Denn dieser hatte berichtet: die Sachsen hätten
eine garstige aber Gesezmässige Gewohnheit, dass der Bräutigam bei der Braut
zuvor eine Nacht schlafen, und nachgehends sich erst entschliessen möge, ob
er diselbe heiraten wolle oder nicht. Er sagt noch dabei, dass er zu der Zeit, da
er in Sachsen zu Zeiten des teutschen Königs Wilhelm von Holland gewesen,
a. 1254 solches selbst erzehlen hören. Welches Mährlein aber deswegen
zu verlachen, teils weil das Concilium zu Trebur, als woraus das Kapitulum
genommen, a. 895 nicht nur der Sachsen gedenkt, sondern auch zu solcher
Zeit ganz Sachsen schon ganz christlich gewesen; da dergleichen viehischer
Gebrauch in keiner Achtung mehr sein können; obgleich die alten Glossatores
fast insgesamt und insbesondere Anton. de Putris, Jo. Andreae u. a., auch noch
ohnlängst der Jesuit Wagnereck dieser Auslegung dahin beypflichtet, dass die
Patres zu Trebur a. 895 dergleichen Weise erst damit aufgehoben hätten."

Forschungen allzuweit zu verfolgen, und ihr endliches Resultat enthüllt darzustellen, so könnte ich ihn leicht überführen, dass dise Sitte nicht nur in der Physiologie des Menschen gegründet, sondern auch eine für die Bevölkerung sehr heilsame Anstalt sei. Denienigen Teil meiner Leser aber, der sich so schlechterdings nicht abfertigen lässt, und verschidene Erläuterungen wünscht, muss ich an die Aerzte und an dieienigen Advokaten weisen, die vor den Ehegerichten Prozesse führen. Denn dergleichen Herren allein besizen das veriährte Vorrecht, dass ihnen die Welt, ohne schamrot zu werden, über alles Gehör gibt. Sollten aber einige von ihnen die Hörsäle der Rechtsgelehrten besucht haben? O! die können sich hir alles das widerhohlen, was dort sehr oft mit Einmischung der ärgerlichsten Anekdoten von der bezihungsweisen Unvermögenheit der Geschlechter gelehrt wird.[6] Wem dise gelehrte Nachfragen nicht bequem sind, der belibe einen flüchtigen Blik auf das zu werfen, was in grossen Städten alle Tage zu geschehen pflegt. Wie vile Ehen findet man da nicht, wo die Männer im besten Alter erschöpfte Greise sind; wo blühende Damen durch die allzufrühzeitige und nicht selten unnatürliche Wollüste ihrer Gemahls zu einer beständigen ehlichen Nüchternheit verdammt sind? Wie sehr müssen dise ihre weibliche Sittsamkeit nicht verläugnen, wenn sie sich entschliessen, vor einem halbduzend Männer, die sie in ihren Leben nie gesehen haben, über eine solche Angelegenheit Klage zu führen, und darüber die unverschämten Einwürfe eines widrigen Advokaten anzuhören, dem man oft zur Replik die Antwort widerholen möchte, die schon lange die Gemahlin des Germanikus dem Tiber gegeben hat! Weil es also für die Bauermädchen eine Apologie zu machen, und die moralische Unschädlichkeit ihrer Galanterie zu zeigen nicht taugt, so will ich wenigstens beweisen, dass sie allen Ständen unserer Nation gemein gewesen, und eine Ursitte der Menschheit ist.

[11]

---

[6] Man sehe auch Henr. Hostiens. in Aurea Summa. Colon. 1612. col. 1228, wo er von der Sache ganz sonderbare Beispiele anführt.

II.

Es hat es schon lange Grupen[7] beobachtet, dass sich in ältern Zeiten alle teutschen Bräute vor der Hochzeit hätten beschlafen lassen. Wir treffen noch in der spätern Zeit unter dem hohen Adel Beispile an. Der Professor Koehler zu Göttingen[8] W o chenblatt", Leipzig 1773, Jahrg. {fns II. S. 683. ff. „Es ist zu wissende, do mein Bruder Ulrich selige von Rappoltstein sein Dochter Herzlande meine Mume gelobte Graue Rudolfs Son von Habespurg, do lag derselb sein Sun Hanss bey meiner Mumen vorgenant under allen Molen wol vf ein halb Jor, vnd dass er dozwischen mit Jr nie geborte in der Mossen, als ob er ein Mann were, vndt fur zu vndt wolt Jhr ir Ehre habe genummen vf vngebührlich Wyse, vndt dass sie von imme von dem Bette fliehen muste, vndt das befant ir Vatter vndt verbott ir der, dass sie nummermer an sin Bette kommen sollte, vndt tet in och dozumole enweg fahren.
Item darnach wart, do wart min Bruder selige siech vndt do er sterben wolt — de befalch er am Dotbette, — dass siene Dochter an Graue Rudolffs Sunes Bette nimmerme gelegen solte, sie empfindent den vorhin, dass er ein Mann were — — do antwurtete min Bruder vndt ich imme (dem Grafen Rudolf von Habspurg) were es Gotz wille vndt dass es sin sollte vndt er verfenglich were zu einem Manne, dass wir sie (die Herzland) deme nieman bass guntent deme imme, aber min Bruder selge hette uns verbotten an sinne Tode, dass wir sie nimmer solten lassen kommen an sin Bette, wur wusten denne vorhin von andern Frauen dass er ein

---

[7] De Uxore Theotisca. Goett. 1748 C. II. pag. 39.
[8] In D. August Friederich Schotten „ {fns Juristischem {fns

Mann were, vndt dass er Frowen haben möchte, vndt antwurte-
tent imme noch me, wür woltend imme fürstöllen zweinzig oder
drissig Frouwen, wenne eine etwenne einer mag vndt der andere
nüt, well er da vnder den haben möchte, wür wolten imme denne
Wix vndt Gut antwurtten vndt geben, das versprach er och. —
Do antwurtet er vns vndt sprach, sin Sun der möchte woll, da
sprach ich vndt schwur, — wür wolten immene hundert Frowen
fürstellen, solten wür sie joch Kölle holen, vndt werle er vnder
den allen möchte, so wolten wür imme Wix vndt Gut geben. —
— Item och ist zu wissende, dass Groff Rudolfes Sun von Habespurg in diesen Zielen gefurrt wert gen Straspurg zu dem besten
Artzette, der do was, vndt hatt ime da gerne ein Ding gemacht
vndt lag och by demselben Arzette lange zyt zu Strassburg by
Meister Heinrich von Sachsen, der der beste Meister ist den man
finden kan vndt hiengent ime an in eine Bad an sin Ding ettwie
viel Bliges wol fünfzig Pfundt schwer vndt pflasterten ine, als
menlich seitt, vndt verfieng alles nüt, dass sü imme vt gemachen
konnten, dass er verfengklich were zu Frowen."

lifert uns eine Urkunde, nach welcher Graf Johann IV. von
Habsburg 1378. da er schon ein ganzes halb Jahr die nächtli-
che Probezeit mit der Herzland von Rappoltstein gehalten hatte,
zulezt von ihr den Korb bekam, weil sie ihn der Unmännlich-
keit beschuldigte. Gleich in dem nächsten Jahrhundert kommt
im Habsburgischen Hause ein anderes Beispil vor. Nachdem
Kaiser Friederich III. sich die Prinzessin Leonore von Portu-
gall durch seine Gesandten verlobt hatte, und dises Verlöbnis
bereits zu Rom durch den Pabst bestättiget war, so zauderte er
doch mit der Vollzihung der Ehe unter dem Vorwande, dass
er keine Italienische Kinder zeugen wollte. Die Prinzessin, der
diser Verzug etwas lange Weile verursachen mochte, wandte
sich deswegen an ihren Oheim, den König Alfons von Neapel.
Allein da diser nicht vil mehr bei dem Kaiser auszurichten ver-
mochte, so brach er zulezt in dise Worte aus: „Du wirst also
meine Nichte nach Teutschland führen, und wenn sie dir dort

nach dem ersten Beischlafe nicht gefällt, mir wider zurüksenden, oder sie villeicht gar vernachlässigen, und dich mit einer andern vermählen; beschlafe sie vilmehr hir, damit du, wenn sie gefällt, die angenehme Wahre mit dir nehmen, oder wo nicht, uns die Bürde zurük lassen kanst." Der phlegmatische Friderich fand auf einmal dise Vorstellung so nachdrüklich, dass er im Augenblik iene bekannte Ceremonie veranstaltete, die den Portugisischen Damen ein so grosses Aergernis verursacht hat.[9] Man kan sie [15] unten nach den eigenen Worten des Pabst Pius II. nachlesen, wobei seine Bemerkung, dass es eine allgemeine Gewohnheit der teutschen Fürsten gewesen, Aufmerksamkeit verdint.[10] Mit der Tochter dises Kaisers, Kunigunde, hielt Herzog Albrecht IV. von Baiern das Beilager zu Innsprugg, und feierte erst nach der Heimführung zu München die Hochzeit mit ihr,[11] oder wie [16]

---

pacto vitatis incantationibus in alio lecto matrimonium consummatum est.

[9] Burcard. Gotthelf. Struve in Corp. Hist. Germ. Lips. 1730. Tom. I. Per. X. Sect. II. p. 736–740.

[10] Æneae Sylvii Historia Frid. III. Ex edit. Boecleri, Kulpisii et Schilteri. Argent. 1702. p. 84. Jussit igitur (Fridericus) teutonico more stratum apparari, iacentique sibi Leonoram in vlnas complexusque dari, ac praesente Rege cunctisque Proceribus astantibus superduci culcitram. Neque aliud actum est, nisi datum osculum. Erant autem ambo vestiti, moxque inde surrexerunt. Sicque consuetudo Teutonicorum se habet cum principes primo iunguntur. Mulieres Hispanae, quae aderant, arbitratae, rem serio geri, cum superduci culcitram viderant, exclamantes indignum fieri facinus, Regem, qui talia permitteret, increpabant. Ille autem non sine risu et iucunditate spectabat peregrinos mores. Nocte, quae instabat, futurus erat concubitus ex nudis. Dum ergo saltationibus vniuersa curia intenta est, foeminae Portugallenses, quibus cubiculi secretioris commissa cura erat, fumigationes super stratum faciunt, in quo iacendum est, carmina dicunt et accersito sacerdote lectum benedicunt irrogantque sanctis aquis; vt est superstitio mulierum, quae sic felix connubium et amorem vtrinque perpetuum arbitrantur futurum. Quod vbi Caesar accepit, veretur, ne quid veneficii interveniret — Alium sibi substerni lectum iussit, vocarique ad se coniugem. — Verum Imperatrix bis terque vocata in suo lecto manere, morem seruandum dicere: viros in stratum vxoris ire solitos, non contra fieri solere.

sich ein österreichischer Schriftsteller ausdrükt: „Herzog Albert beschlief Fräulein Kunigunden vor der Vermählung." Adlzreiter, oder vilmehr der verkapte Jesuite Vervaux[12] widerspricht disem aus dem Grunde, weil Veit Arenbek nichts davon melde. Man kan hirauf antworten, der Chronikschreiber Arenbek beschreibe nur die Hauptceremonie und übergehe ienen Umstand, als eine allgemeine Gewohnheit, wovon zu seiner Zeit iedermann wusste, dass sie vorhergehen musste. Die Sache wird ausser Zweifel gesezt, wenn man die Stelle mit einer andern vergleicht,[13] wo er eine artige Begebenheit von einer Probenacht erzählt, die Herzog Ludwig I. von Baiern mit der schönen Gräfin Ludmille von Bogen, einer gebohrnen böhmischen Prinzessin gehalten hat. Man war um dise Zeit von der alten Heiligkeit der Sitten so sehr abgewichen, dass den Mannspersonen die Probezeit oft nur eine bequeme Gelegenheit war, die Unschuld ihrer Damen zu missbrauchen. Ludmille, die ebenso klug als schön war, erfand eine List, ihren Freier gewiss zu fesseln. Der Herzog musste

faciam quae cupitis. Quod ille illico parui pendens tres depictos milites promisit. At illa velum deponens inquit: sitis itaque vos strenui milites testes huius rei. Cui responderunt milites: Bene domina gratiosa audiuimus. His auditis Dux perplexus cameram concito exiuit, nec in anno integro ad eam reuertitur: nimirum finito anno nuptias magnifice celebrauit, et eam solemniter in facie Ecclesiae Christiano more in vxorem duxit.

Caesar veluti victus ad eam pergit, rogatque secum in alium thalamum proficiscatur: recusantem manu prendit, vincitque facile nolentem vincere atque eo

[11] Kaiser Friderichs Tochter Kunegunde, ein Fragment. Wien 1778. S. 79. J o h a n n   H e i n r i c h   v o n   F a l k e n s t e i n {f n s, vollständige Geschichte des Herzogtums Baiern, T. III. München 1763. Cl. II. C. IV. S. 487.

[12] Annalium P. II. L. IX. p. 200.

[13] Viti Arnpekhii Chron. Bojoar. L. V. c. 17. in Bernh. Pezii Thesauro Anecdot. noviss, Tom. III. col. 257 ss. Ea tempestate Illustrissima Domina Ludmilla Comitissa in Pogen Filia IV. regis Bohemiae, sed secundum fratrem Andream de S. Magno Ratisponensi nata de ducatu Sweidniz, subtili astutia sua Ludouicum Ducem, vt eam matrimonialiter duceret, cum tali facetia induxit. Defuncto siquidem eius primo marito Alberto ill. Comite de Pogen, cum esset pulchra nimis, timens Deum et moribus vt assolet clarissima, dictus Dux saepius eam visitauit. Demum apud eam pro illicito amore dulcibus verbis,

ihr in der Probenacht vor drei Rittern, die sie sich auf ihre Bett-
decke gemahlt hatte, schwören, dass er sie zu seiner Gemahlin   [18]
machen wollte. Er tat es ohne Bedenken, weil er sich für aller
Ueberweisung sicher glaubte. Allein kaum hatte er sich dem
Vergnügen übergeben, so öffnete die Prinzessin die Gardinen,
wo sich plötzlich drei leibhafte Ritter zeigten, die den Herzog an
die Erfüllung seines Gelübdes erinnerten. Er bekannte sich über-
listet und vollzog nach dem Herkommen die Ehe in Jahresfrist.
Bei den Alten hat dise Begebenheit sovil Beifall gefunden, dass
sie ihr Andenken in einem eigenen Gedichte verewigten, daraus
ich eine Stelle anführen will.[14]

„Ein Fürst von Payren kom geyn Pogen geriten
Zw einer Gräfin schön vnd klug mit Siten
Er begert ir zw Freidenspil
Sie sprach ich einwil,
Er erwellet dan sein mein eelich man
So will ich darumb ratt han.

—— —— ——

Der Fürst redt der Frauen zw
Ob sy seinen Willen wolde thun.
Dy Fraw sprach —— ——
Gelobt mir dy ee frölich.
Der Fürst gelobt die ee in Heldesmut.

—— —— ——

                                                                 [19]

vt moris est, vehementer sollicitauit, quod ipsa caute ac proinde recusauit.
Attamen eidem certum diem, quo ad thalamum suum veniret, praefixit. Interim
ipsa arte pictoria in velo ante lectum eius pendente, quo dormire solebat, tres
milites depingi perpulchre fecit, et ipso die praefixo alios tres viuos familiares
suos milites sub eodem velo abscondit. Ingressus igitur princeps putans eam
ibi fore solam, more suo de illicito concubitu instetit; quae ait, si de praesenti
ducitis me in vxorem, data bona fide sub testimonio istorum trium militum
[14] Carmen Vetus de nuptiis Ludov. Duc. Bav. et Ludmillae de Bogen in Vol.
XII. Monument. Boicor. n. 133, pag. 92.

Und da vergangen was ein ganz Jar
Da kom der Fürst gein Landaw spatt
Er wolt nicht da benachten
Zw seiner Hausfraw gein Pogen was ertrachten
Da sy komen zusamen Payde
Da vergassen alles ir Layde
Sy lebten miteinander eelich
Als es zugehörd der Fürsten reich."

In ältesten Zeiten fieng die Probezeit mit dem Raub des Frauenzimmers an, und erst ein Jahr hernach geschah die Vermählung. Auf dise Weise heiratete z. B. König Suigger von Norwegen die Tochter des Königs Grims von Dännemark.[15]

Trogill Arnkiel[16] schloss aus einer gewissen Stelle Saxens des Grammatikers,[17] dass der Beischlaf, der vor der Hochzeit geschiht, bei den alten nordischen Völkern als etwas abscheuliches angesehen worden. Diser Beobachtung widersprechen aber nicht nur die übrigen Nachrichten dises Saxens, sondern überhaupt alle nordischen Monumente. Ueberall kommen Beispile von

[20]

---

[15] Alb. Kranzii Cronika regnorum Daniae, Suetiae et Norvegiae. Argentor. 1546. pag. 599 et 600.

[16] Cimbrische Heidenreligion. Hamburg 1691. C. 34. §. 6. S. 290.

[17] Saxo Grammat. in Historia Daniae L. V. p. 89. Eidem (Hithino) postmodum cum Hilda Hoegini Jutorum reguli filia spectatae admodum opinionis virgine, mutuus amor incessit. Quippe nondum inuicem conspectos, alterna incenderat fama. At vbi mutuae conspectionis copia incidit, neuter obtutum ab altero remittere poterat, adeo pertinax amor oculos morabatur. — At Hoeginus Filiam suam Hithino despondit, coniurato inuicem vter ferro perisset, alterum alterius vltorem fore. — Interea Hithinus apud Hoeginum quorundam obtrectatione insimulatus est, quasi filiam eius ante sponsalium sacra stupri illecebris temerasset: quod tunc immane cunctis gentibus facinus habebatur. Igitur Hoeginus credulis auribus rem falso nuntiatam excipiens, Hithinum regia apud Sclauos stipendia colligentem classe lacessit, — quamobrem Frotho missis qui simul eos accesserent, scrupulosius causam simultatis inquirit. Qua cognita iuxta legis a se latae formulam pronunciauit. Videns autem ne sic quidem eos in gratiam reduci posse, patre filiam pertinacius reposcente, litem ferro decidendam edixit. Id quippe solum dirimendae controversiae remedium videbatur.

gehaltenen Probenächten vor. Man muss daher, um allem unge-
räumten Widerspruche auszuweichen, iener Stelle die Deutung
geben, dass König Högnus von Jütland sich aus der Ursache gegen seinen Eidam Hythin von Norwegen entrüstet habe, weil er
seine Tochter vor dem förmlichen Eheverspruch schon beschlafen, und sie folglich auf den Fuss einer gemeinen Beischläferin
behandelt hätte; oder welches mir noch wahrscheinlicher dünkt,
weil er ohne Erlaubnis und Vorwissen des Vaters die Probezeit
mit der Tochter hielt. Die gleichfolgende Begebenheit, und die
daraus entstandene langwierige Fehde bestärkt mich in meiner
Meinung.   [21]

Der alte König Harald in Norwegen wollte die schöne Asa,
eine Tochter des Grafen Hrings, mit Gewalt zur Gemahlin nehmen, und ward deswegen von Kol Krappe, dem man sie bereits
verlobt hatte, zum Zweikampf herausgefordert. Ohngeachtet der
Kämpfer, der für ienen gefochten hatte, überwunden geworden
war, so erlaubte der Siger doch, dass noch Einer gestellet werden durfte. Allein diser wollte um keinen geringern Preis, als
um den eigenen Besiz der Schönen fechten, den man ihm auch
bewilligen musste. Nun hielt er die Probenacht mit ihr, und dann
trat er erst den Zweikampf an, worinn er seinen Gegner glüklich
überwand.[18]   [22]

Frithiof, Herr von Frammesien, beschlief die Prinzessin Ingi-

---

[18] Thorm. Torfaei Hist. Norveg. P. I. C. VI. p. 201. His nodis implicatus (Rex
Haraldus) remissa sponsione, quam patri per vim expresserat, renunciatoque
omni iure, inque Sturlaugum translato, quod in sponsam consecutus erat vicem
suam ad rem cum prouocatore gerendam deligit. His ita compositis Sturlaugus
ad Comitem Hringum, virginis patrem — se confert, nuptias filiae — facile
paciscitur, et ne castitatem eius hostibus delibandam seruaret, approperat, cuius
commendatione instructus, mox inde ad nutricem eius Freyam — accedit, ex-
actae aetatis anum sed veneficarum artium peritissimam. — Haec cum arcani
genii fomentis corpus eius inunxisset, inque societatem lecti per vnam noctem
ense sequestro a suo diremptum admisisset, inusitatas vires magnumque robur
ei impressit, donatumque lacerna et inuictis acuminis gladio iam aduersario
haut imparem praesagiens dimisit, qui deinde cum Kolo decertans viribus eum
et vita spoliauit.

biorg, eine Schwester der beiden Könige Helgos und Halfdans von Sognien, gleich nach dem Verlöbnisse in dem heiligen Tempel zu Baldershagen, obschon er sie erst nach dem Tode des K. Krings zur Gemahlin bekam.[19] Ein sehr merkwürdiges Beispil von einer Probenacht in Schweden erzehlt uns Bartholin aus der Illugur Saga,[20] das meine Leser in der Note selbst nachlesen mögen. Ich will dagegen ein anderes aus der alten Fränkischen Geschichte anführen: Teudebert, König in Austrasien, liess die Witwe Teuderia schon im Jahr 533 bei sich schlafen, ohngeachtet er sich erst ein Jahr nachher förmlich mit ihr vermählte.[21]

[23]

---

[19] Torm. Torfaei Hist. rer. Norvegicar. Hafniae 1711. P. I. L. V. c. XXV. p. 226.

[20] Antiqu. Dan. de causis contemtae a Danis adhuc gentilibus mortis. Hafniae 1690. L. I. C. 1. p. 7. Immobiles ad minas mortis intentatas vultus pertulit Illugus Gridae alumnus, qui a Grida rogatus lectum cum filia ipsius adscendere, paruit et protinus ad blanditias versus ab adcurrente cum acuto gladio matre capillos arripitur, quasi mox caput amissuris. Ille immotus sine metus vllo indicio mansit. Quo circa missus sine mora lecti sociam adgreditur. Adcurrit rursum mater trahitque ad spondam lecti, minantibus verbis insultans: iam morieris. Ille nihil, nisi: mortem non timeo. Anus mirata abit, et verso protinus ad virginem Illugo denique adcurrit, quasi iam serio vitam ipsi ademtura. Illugus nihil motus placide ictum opperiebatur. Tunc Grida in admirationem rapta exclamat. — — Tu instar aliorum hominum non es; venae tuae nihil tremunt. Jam vitam a me et filiam iuxta te collocatam, cui Hildae nomen est, accipe.

[21] Gregor. Turon. Hist. L. III. c. 22. inter script. rer. Francic. Andr. du Chesne. Tom. I. p. 251. Deuteriam — speciosam — cernens, amore eius capitur, suoque eam copulauit Strato, a. 533. c. 23. — Deuteriam exinde accersit, eamque sibi matrimonio sociauit, a. 534.

III.

Es bestärkt sich daraus die Anmerkung des P. Le Cointe,[22] dass dieienige Weiber, welche die Fränkischen Könige neben ihren rechtmässigen Gemahlinnen hatten, keine Beischläferinnen oder Kebsweiber gewesen seyn, obschon die gleichzeitigen Annalisten aus Mangel einer genauen Kenntnis der teutschen Gebräuche, und durch ihre allzugrosse Anhänglichkeit an römische und morgenländische Sitten oft verleitet wurden, ihnen dise Beinahmen zu geben. Es waren allezeit solche Gattinnen, die noch in der Probzeit stahnden, und erst in der Folge durch die Gebährung eines Kindes zur Würde einer rechtmässigen Gemahlin gelangten. Wenn die Schöpfung des ehlichen Brautschazes und die Haltung eines öffentlichen Hochzeitsmahls dazu kam,[23] so war die Ehe in der besten Form gemacht; wenn dise beide Stüke aber mangelten, so war es entweder eine auf die Morgengabe geschlossene Ehe, oder nur die ehliche Probzeit. Bei der erstern, die eine Heirat nach Salischem Gebrauche in den alten Urkunden heist, waren die Kinder keiner ordentlichen Erbfolge fähig, wol aber im leztern Fall, weil hir noch die abgängige Ceremonien des ächten Germanischen Ehebündnisses nachgehohlt werden konnten. Dahingegen iene, wo man ebenfalls den Ehkaufschilling erlegte, und vor der Heimführung die Probenacht hielt, als schon in ihrer Art vollständig, keine weitere Feierlichkeit zuliess. In der

---

[22] Charles le Cointe, Ann. Franc. Eccles. ad a. 773. n. 2. ad a. 803. n. 49. et ad a. 814. Nach den Arabischen Monumenten war die Hagar eine solche Gemahlin des Abrahams, und ihr Sohn Ismael empfieng daher als Erstgebohrner das gegen Kanaan weit vorzüglichere Arabien. D'Herbelot, Bibl. Orient. pag. 420. Hagiar.

[23] Capit. L. VI. c. 730. Nullum sine dote fiat coniugium, nec sine publicis nuptiis quisquam nubere praesumat. L. VII. c. 305. — nisi forte illa mulier et ingenua facta, et dotata legitime, et puplicis nuptiis honestata videatur.

Note ist ein Beispil aus den Nordischen Sagen,[24] die also auch in disem Stüke mit den übrigen teutschen Sitten übereinstimmen. Noch heutzutage fängt an vilen Orten die ehliche Gemeinschaft der Güter nicht eher an, als bis die Eheleute ein Kind miteinander

---

Band I. S. 138.

[24] Thorm. Torfaei Historia Norveg. P. II. p. 20. Tandem Biorgulfus aduentus sui causam exponit, nimirum quod filiam eius domum deducere, sibique sine nuptiarum solennitate sociare gestiat. Id dissolutas vel approperatas nuptias appellabant, (Schade! dass der Autor den eigenen urkundlichen Ausdruk nicht beigesezt hat.) quod concubinae seu pellicis statum, (nemlich eine uneben-bürtige oder Morgengabsehe) non vxoris denotat. — — Extorto hoc modo magis quam impetrato patris consensu Biorgolfus virginem vncia auri emit (vergl. Fredegar. Schol. in Epit. gest. Francor., cap. 18.) veteri lingua „eyri Gullz“ octaua scilicet parte marcae. Atque ita eodem secum lecto in aedibus paternis prima nocte collocatam deinde domum deduxit. — Post duos deinde filios ex isto contubernio susceptos decessit, — quos post obitum patris cum matre domo sine vlla paternae haereditatis portione, ad auum maternum reduci Bryniolfus (der rechtmässige ehliche Sohn) curauit, vbi tantisper educabantur, donec illo mortuo vniuersa haereditas ad solam matrem peruenit. Dergleichen Söhne stahnden auch unter der Gewalt ihrer in rechtmässigen Ehen erzeugten Brüder. S. Ludgar. in Vita S. Gregorii Abb. VI-traject. ap. Sur. XXV. Aug. p. 277. Fuerunt ei fratres nobiles et eximii de patre geniti et de matre eius nati alii fratres, et tempore et viribus secundum saeculi dignitatem minores, quibus necesse erat in obsequio esse maiorum. Factum est autem, vt aliqui ex maioribus fratribus honorati a Rege Carolo Martello vel Pippino mitterentur

gezeugt haben.[25] In der Schweiz verspricht sich der Bauer einen glüklichen Erfolg seines Ehstands, wenn seine Gattin noch im ledigen Stand schwanger geworden ist.[26] Daraus erklärt sich's warum unter den beiden ersten Stämmen der Fränkischen Herrscher die B a s t a r d e n,[27] (wenn anders Prinzen, die ihre Mütter in der Probzeit zur Welt gebracht haben, mit disem Namen gebrandmarkt werden dürfen!) ohne Unterscheid mit den Ehlichen zugleich erbfolgten.[28]   [27]

Ebendises Erbrecht hatten die natürlichen Söhne in Dännemark,[29] wie in den meisten nördlichen und südlichen Reichen.[30]   [28]

Unsere barbarischen Gesezbücher zeigen noch hin und wider Ueberbleibsel von der Probezeit. Nach dem LII. Gesez der Alemannen musste einer, der seine Braut aufgegeben hatte, schwören, dass er sie weder aus Argwohn irgend eines Gebrechens auf die Probe gestellt, noch auch wirklich etwas dergleichen bei ihr entdekt habe.

Script. rer. Ital. T. I. P. II. p. 26.

in longinquiora regna Galliarum, illuc et subsequi et inhaerere necesse erat iunioribus. Sihe meinen Versuch über die Geschichte der teutschen Erbfolge,

[25] Eberh. Christ. Canz, Diss. de iuribus et obligationibus vxoris secundum Jus Wurtemberg. Tub. 1772. p. 10.

[26] XX Briefe über die vornehmste Merkwürdigkeiten v o n   d e r S c h w e i z { f n s, zum Nuzen iunger Reisenden. 1769. I. B. IV. Br. von Bern.

[27] Dass diese Benennung im mittlern Zeitalter gar nichts anstössiges gehabt hat, zeigt Stryk de liberis nat. regum et princ. C. II. p. 26. 27. In der spätern Zeit wurden die natürlichen Kinder in Frankreich gegen ihre Väter um einen Grad geringer gehalten. Charles Loysseau des Ordres C. V. n. 64. Ils doivent tousjours être mis d'un degré plus bas, qu'eux: de sorte que les batards des Rois sont princes: Ceux des Princes sont Seigneurs: Ceux des Seigneurs sont Gentils-hommes, et ceux des Gentils-hommes sont roturiers, afin que le concubinage n'ait autant d'honneur que le loial mariage.

[28] Jo. Nic. Hert. in Notit. regni Francor. Vet. C. IV. §. 9. Edit. Hombergk. Vol. II. Tom. I. p. 225. Jo. Sam. Stryk in Diss. de liberis natur. regum et principum, Halae 1700. C. III. p. 36. 37.

[29] Adami Bremens. Hist. Eccles. L. II. cap. 54. Caeterum Suein et Harold a Concubina geniti erant; qui, vt mos est Barbaris, aequam tunc inter liberos

In den Sächsischen[31] und Alemannischen Landrechten,[32] desgleichen in dem alten Goslarischen Stadrechte[33] wird eine in der Probenacht vorgegangene Gewaltsamkeit der Notzucht gleich geachtet.

Es entwikelt sich der wahre Grund, warum nach dem allgemeinen germanischen Rechte die rechtliche Wirkungen der Ehe von dem ehlichen Beischlaf beginnen. Denn durch disen wird die physische Ehestandsfähigkeit der beiden Personen ausser Zweifel gesezt. Eigentlich ist er aber doch von iener darinn verschiden, dass bei ihm die wirkliche Zeugung anfängt, da sich dieselbe bloss mit der vorläufigen Untersuchung der Zeugungsfähigkeit beschäftiget. Ebendaher beziht sich[34] das Geschenke, das man die Morgengabe nennt, in gewisser Art auf beiderlei Ceremonien, weil es zum Beweise dint, dass die Ehe im fleischlichen Verstande vollkommen in Richtigkeit gebracht ist.

Unter den Karlingischen Kapitularen hebt das LXXX. des VII.

[29]

Knut sortiti sunt partem haereditatis.

[30] Davon handelt Stryk in dem ganzen III. Cap. der angeführten Abhandlung, S. 37 u. f. Sihe auch Leges Longobard. R. Rotharis, c. 154–162. in Muratorii

[31] Jus prov. Saxon. Cod. Old. Pict. L. III. art. 47. An siner Amien mach en man not don, und sin Liv verwercken, of he se ane eren danc beleget.

[32] In Cod. Oldenburg. c. 306. Eyn jeglich man mac an siner Amyen die notnunft begen, daz sol man uber sie richten, als ob er nie bi ir gelege.

[33] ap. Leibnit. in Tom. III. Script. rerum Brunswicens. p. 502. n. 94. An siner Amyen mach en not began. Amye bedeutet eine Libste. Sihe C h r.   U l r. G r u p e n   T e u t s c h e   A l t e r t h ü m e r { f n s zur Erläuterung des Sächs. und Schwäb. Land- und Lehenrechts. C. VIII. S. 110.

[34] Thorm. Torf. Hist. Norveg. L. VII. c. 4. p. 313. Consensit Asmundus annuloque aureo donauit, ipsa negante munus hoc sibi tutum acceptu suspicante matre praemium esse concubitus. Jo. Gottl. Heineccii Elementa Jur. Germ. L. I. Tit. X. §. 214. p. 171. Dreyer, de termino effectuum ciuil. matrimonii a quo. §. 5. h. p. Dipl. Ludouici Com. Pal. Rheni et inferioris superiorisque Bauariae Ducis de 1475. in Cod. dipl. Poloniae, T. I. pag. 389. — in quorum 30000 fl. dotis recompensam, alia 30000 fl. Hung. ratione donationis propter nuptias ac summam ratione largitatis sponsalitiae, vulgariter Morgengab, quam ex more in signum coniugalis amoris post primum thalami ingressum principes Almaniae coniugibus suis donare consueuerunt.

Buchs den alten Gebrauch der Probzeit ganz auf, und will, dass beide Teile keusch und unbeflekt zu einander in die Ehe treten sollten.[35] Der longbardische König Rothahr befahl, die Bräute, die mit andern einen zweideutigen Umgang gehabt hätten, als [30] Ehbrecherinnen zu bestrafen.[36] Aus der Ursache durfte ein Bräutigam seine Braut nicht mehr aufgeben,[37] weil sie die Vermutung einer unangetasteten Keuschheit nicht mehr für sich haben konnte.[38] Es gab aber doch zuweilen niderträchtige Männer, die ihre Libsten vernachlässigten. König Froto III. in Dännemark gab daher ein Gesez, welches alle Mannspersonen nötigte, die einmal beschlafene Dirnen zur Ehe zu behalten.[39] Nach dem Lübischen Rechte wird einer, der sich einer Probenacht mit Unwahrheit [31] rühmt, ausserordentlich gestraft.[40]

Bei der Gelegenheit, da der Byzantische Geschichtschreiber Prokop dise allgemeine germanische Sitte, die Bräute nicht mehr aufzugeben, beobachtet, macht er die spizfündige Anmerkung,

---

[35] Sciendum est omnibus et firmiter retinendum, quod hi, qui vxores ducere voluerint, sicut eas castas et incorruptas cupiunt inuenire, sic ad eas casti et incorrupti debent accedere, easque cum benedictione sacerdotali sicque in sacramentario continetur, accipere: sed prius eas dotali titulo debent conligare. Vergl. Gottfried Schüze {fns Lobschrift auf die Weiber der alten teutschen und nordischen Völker. Hamburg, 1776. Seite 169. 170.

[36] Lex 179. ap. Muratori Script. rerum Ital. Tom. I. P. II, p. 29. Si dixerit sponsus de sponsa sua, postquam eam sponsauerit, quod adulterata sit, liceat eam parentibus purificare cum XII. sacramentalibus suis. — — Si parentes eam — de ipso crimine mundare non potuerint, tunc sponsus recipiat res suas, quas dederit, et illa patiatur poenam adulterii, sicut in hoc edicto scriptum est.

[37] Procop. de Bello Goth. Lib. IV. — Barbaros illas sponsas, nisi ob stuprum non dimittere.

[38] Ebendaher wurde nach den Westgothischen Gesezen eine Braut, die sich mit einem andern vergieng, als eine Ehebrecherin gestraft. Lex Wisigoth. L. III. T. IV. §. 2.

[39] Saxo Grammat. Edit. Steph. Jo. Stephanii. Sorae, 1644. L. V. p. 85. Maribus quoque quamcunque primitus cognouissent, ducendi legem inflixit.

[40] Er ward entweder um 80 Mark Silbers oder mit einem halbjährigen Gefängnisse und lebenslänglicher Landesverweisung gestraft. Henr. Balemann, Diss. de Foemina ex Antiquit. legibusque Rom. Germ. et praesertim Lubecens.

dass bei den Teutschen die Keuschheit der Bräute, wenn sie auch wirklich unverlezt sei, doch für zweifelhaft gehalten werde.[41] Allein er war mit unsern Sitten nur nicht zureichend bekannt, denn sonst würde er das Gegenteil wahrgenommen haben.

„Quardus von Cambridge sagt in seiner Beschreibung von Wallis, dass man sich ehmals nicht leicht ohne eine vorhergegangene Beiwohnung verheiratet hätte, indem es gewöhnlich gewesen, dass die Eltern ihre Töchter iungen Mannspersonen gegen eine gewisse Summe Geldes auf die Probe gegeben, und dass das Gelt verfallen ware, wenn die Mädchen wider zurükgeschikt worden." Home[42] dem ich dise Nachricht abgeborgt habe, beschuldigt hir seinen Gewährsmann eines Irrtums, und erklärt die Sache aus dem bekannten Kaufe der Weiber unter den rohen Völkern. Man wird aber vermutlich nach Durchlesung dises ganzen Aufsazes keine weitere Verteidigung des alten Annalisten von mir begehren, und ich wage dagegen die allgemeine Beobachtung hir zu machen, dass die Welt von dem Verfasser der Kritik nach dreisig Jahren Arbeit allerdings ein anderes Werk zu erwarten berechtiget war, als er uns wirklich durch seine Geschichte des Menschen gelifert hat. Noch heutzutage geniesst in ganz England eine Braut, wenn sie bei dem Tode ihres Bräutigams das neunte Jahr zurükgelegt hat, den gewöhnlichen brittischen Wittum auf seinen Ländereien.[43]

Der Kanzler E s t o r hat vollkommen recht. Das Beilager und die Brautnacht sind bei Standspersonen, wie bei gemeinen

[32]

Altorf, 1756. Sect. II. C. II. §. 19. p. 132. 133.

[41] De bello Goth. L. IV. Tanto enim honore pudicitia apud Barbaros colitur, vt femina, de cuius nuptiis actum est, etiamsi corpore sit integra, pro corrupta habeatur.

[42] Versuch über die Geschichte des Menschen. Leipzig 1774. S. 209.

[43] Thom. Crag de Riccartoun, Jus feud. Lips. 1716. pag. 568. Apud Anglos mirum est, quod obseruatur; nam tertia debetur vxori desponsatae, si nonum annum superauerit, de omnibus terris, in quibus vir obiit vltimo vestitus et saisitus.

Leuten ehmals ganz verschidene Gebräuche gewesen.[44] Die Probenacht scheint den Ursprung zu den Vermählungen durch Gesandte gegeben zu haben. Es überzeugt uns davon Jacob Unrest, ein alter Oesterreichischer Kronikschreiber,[45] wenn er die Heirat des römischen Königs Maximilians I. mit der Prinzessin Anna von Brettagne beschreibt. „Kunig Maximilian — sagt er — schickt seiner Diener einen genant Herbolo von Polhaim gen Brittannia zu emphahen die Künigliche Braut: der war in der Stat Remis erlichen empfangen, und daselbs beschluff der von Polhaim die Künigliche Prawt, als der fürsten Gewonhait is, das ire Sendpotten die fürstlichen Prauwt mit ein gewaptn Man mit den rechtn Arm und mit dem rechten fus blos, u n d a i n p l o s s c h w e r t d a r z w i s c h e n g e l e g t, beschlaffen. Also haben die alten Fürsten gethan, und ist noch di Gewonhait. Da das alles geschehen was, war der Kirchgang mit dem Gotsdienst nach Ordnung der heiligen Kahnschafft mit gutem Fleiss verpracht.“[46], B. V. C. 26. n. 16. „Herzog Ludewig von Bayren liesse sich als Stellverweser im Nahmen Erzherzogs Maximiliani die Prinzessin an die Hand trauen, und hielte nach fürstlichem Gebrauch mit ihr das Beilager. Er war am rechten Fuss und Arm mit leichtem Harnisch angethan und zwischen sie beyde ward ein blosses Schwerd geleget. Die Herzogin Margaretha, samt der Oberhofmeisterin, Frauen von Halwin, stunden auf einer, und die Räthe auf der andern Seiten. Und war diese Trauung den 26. April (1474) um Mitternacht verrichtet.“

Man siht, dass das mit dem Gesandten gehaltene Beilager vor der ehlichen Einsegnung in der Kirche vorhergegangen ist. Folglich war es blos eine symbolische Vorstellung der alten Pro-   [34]

---

[44] Rechtsgelehrsamkeit der Teutschen. T. III. Hptst. 100. §. 713. S. 427.

[45] Chron. Austriac. in Tom. I. Sim. Frider. Hahnii Collect. Monument. pag. 775.

[46] Eine gleiche Ceremonie liess Maximilian bei seiner Heirat mit der Maria von Burgund beobachten. F u g g e r { f n s , S p i e g e l d e r E h r e n d e s E r z h a u s e s O e s t e r r e i c h { f n s

benacht. Nachdem bald darauf dise Prinzessin von dem König Karl VIII. von Frankreich entführt wurde, so stritten die französischen und teutschen Rechtsgelehrten sehr darüber, ob sie eine wirkliche Gemahlin Maximilians gewesen wäre, und Karl sich folglich eines Ehebruchs schuldig gemacht hätte.[47] Beide Teile hatten aber keinen richtigen Begrif von dem Ursprunge dises Geprängs, und nekten sich blos mit wizigen Einfällen, oder zogen mit Sentenzen aus dem römischen und kanonischen Rechte bewaffnet gegen einander zu Felde. Da die Probenacht zu dem Ende eingeführt worden ist, um die bezihungsweise Tauglichkeit der iungen Gatten zum Ehestande zu prüfen, so ist ausser Zweifel, dass aus einer solchen Ceremonie noch keine vollkommene ehliche Verbindung entspringen kan. Mithin kan auch das von einem Gesandten mit der Braut seines Prinzen gehaltene Beilager, weil es nur ein Sinnbild der alten Probenacht ist, für keine Vollzihung der Ehe gehalten werden, und die allgemeine praktische Meinung, dass eine solche Heirat keine rechtliche Wirkungen hervorbringen könne, entwikelt sich von selbst. Doch man verstehe das nur von der neuern Zeit. Denn im mitlern Zeitalter war das gesandtschaftliche Beilager zugleich ein Beweis, dass Sponsalia de praesenti vorgegangen sind, die nach kanonischem Rechte nicht mehr aufgehoben werden können.[48]

Der grösste Teil der Gelehrten hat den Unterscheid inter Sponsalia de praesenti et de futuro für eine leere Vernünftelei gehalten. Sie hätten aber gleich aus der langen Reihe Heiratsberedungen grosser Herren, worinn immer eine oder die andere Gattung der Verlöbnisse genau bestimmt wird,[49] urteilen kön-

[35]

---

[47] Jo. Pet. de Ludewig, Dissert. de matrimoniis principum per procuratores. Halae 1724. Differ. IX. cap. 2. pag. 51. seqq.

[48] Innocentii Cironii Paratitla in II. poster. libros Decretal. Gregorii IX. p. 361.

[49] B. G. Struve { fns in Jurisprud. Heroica, P. II. p. 479 seqq. hat sie gesammelt. Noch zur Zeit Kaiser Maximilians I. war man darüber sehr sorgfältig. Sihe seine merkwürdige Acten von 1515. in Codice diplom. Regni Poloniae. Vilnae 1758. Tom. I. p. 175. 177.

nen, dass die Sache einmal auf wichtigen Gründen beruht haben muss. Wirklich gehört sie auch unter die Menge ächter Volkssitte, die noch heutzutage im kanonischen Rechtskörper verwahrt ligt; denn Sponsalia de praesenti sind deswegen unauflöslich, weil bei ihnen ehmals die Probenacht vorhergegangen ist. Dise [36] wahre Ursache zeigt sich in verschidenen Dekretalen deutlich. Pabst Alexander III. verordnet, dass unter zwo Bräuten dieienige die wahre Ehfrau bleiben sollte, die zum wirklichen Beischlaf gelangt sei.[50] Bonifaz VIII. erklärt alle Sponsalia de praesenti, die zwischen Minderiährigen gehalten worden, für unwirksam, wenn anders kein Beischlaf darauf gefolgt ist.[51] Man siht aus der unten angezeigten Urkunde,[52] dass im mitlern Zeitalter vile Heiraten rechtsgültig bestanden haben, ohne dass eine pristerliche Einsegnung dabei vorgegangen, und dise oft sehr spät nachgehohlt worden ist. Es kömmt bei der Frage, ob das gesandtschaftliche Beilager ehliche Wirkungen haben kan, ganz auf die Entscheidung des Vordersazes an, ob dasselbe ein Sinnbild des hochzeitlichen Beischlafs oder nur der Probnacht ist. Im ersten Falle ist sie zu beiahen, im leztern aber nicht. Doch wenn man auf den Ursprung des ehlichen Beischlafs zurükgeht, so läuft aller Streit auf eine Logomachie hinaus.

---

[50] Cap. Vn. in VIto. de desponsat. impub.

[51] Ciron. cit. I. L. IV. Tit. IV. §. 4. pag. 373.

[52] Charta Amadei Lugd. Archiepisc. de a. 1438. ex Bibl. Reg. Paris. Sponsalia inter se per verba de futuro contraxerunt, carnali copula subsequuta et prole procreata, cum lapsis aliquibus annis .... ad solemnizationem matrimonii in facie Ecclesiae procedere vellent. ....

IV.

Die Gebräuche unter den Negern zu Kongo stimmen mit den unsrigen, so wie im Ganzen, besonders in disem Stüke überein. Auch sie erforschen vorher die wechselseitige Fähigkeit zur Begattung sorgfältig, ehe sie sich in ein förmliches Ehebündnis einlassen. Wenn der Freier bei dem Mädchen eine Untauglichkeit entdekt hat, so bekömmt er den Kalün zurük. Mangelt es ihm aber an hinlänglicher Tüchtigkeit, so ist derselbe den Eltern des Mädchens verfallen.[53] In dem Afrikanischen Königreiche Fula[54]

---

[53] Dictionaire des Voyages Tom. III. p. 137. 138. L'ancien usage des Negres de Congos étoit de vivre quelque tems avec leurs femmes, avant que de s'engager dans le mariage, pour apprendre à se connoître mutuellement par cette épreuve. La methode chrétienne leur paroissoit contraire au bien de la société, parce qu'elle ne permet point qu'on s'assure auparavant de la fécondité d'une femme ni des autres qualités convenables à l'état conjugal. — Les parens d'un jeune homme envoyent à ceux d'une jeune fille pour laquelle il prend de l'inclination un présent, qui passe pour douaire, et leur font proposer leur alliance. Ce présent est accompagné d'un grand flacon, de vin de palmier. Le vin doit être bû par les parents de la fille avant que le présent soit accepté; condition si nécessaire, que la conduite du pere et la mere passeroit autrement pour un outrage. Ensuite le pere fait sa réponse. S'il retient le présent, il n'a pas besoin d'autre explication pour marquer son consentement. Le jeune homme et tous ses amis se rendent aussitôt à sa maison, et reçoivent sa fille de ses propres mains. Mais si quelques semaines d'épreuve et d'observation font connoître au mari qu'il s'est trompé dans son choix, il renvoye sa femme et se fait restituer son présent. Si les sujéts du mécontentement viennent de lui, il perd son droit à la restitution. Mais de quelque coté qu'ils puissent venir, la jeune femme n'en est pas regardée avec plus de mépris et ne trouve pas moins l'occasion de subir une nouvelle épreuve. Observez que le pere de la fille ne doit jamais se plaindre de la mediocreté du présent, s'il ne veut pas-être accusé

bleibt einer solchen verschmähten Weibsperson der bestimmte Wittum. Bei den Otahiten begatten sich beide Geschlechter solange unter einander, bis ein Mädchen schwanger wird; dann muss der Vater des Kinds die geschwächte Dirne ehligen.[55] Etwas ähnliches scheint auch auf der Insel Ceylon üblich zu sein.[56] Von den meisten östlichen Bewohnern Russlands erzehlt uns der Ritter Cook: Die Heiratsgebräuche diser Völker sind sehr vernünftig, ob sie mir schon mit den Gewohnheiten irgend eines andern Landes, das ich kenne, nicht zu harmoniren scheinen. Sehet da! worinn sie bestehen. Ein iunger Mensch und ein iunges Mädchen kommen miteinander überein, ein Jahr lang als Ehmann und Ehfrau beisammen zu leben und zu wohnen. Wenn die Frau in diser Zeit ein Kind bekömmt, so ist die Ehe bestättigt und gesezmässig. Hat sie keines, so verstehen sie sich entweder miteinander, die Probezeit noch um ein Jahr zu verlängern, oder sie trennen sich, und die Sache hat für das Weibsbild gar keine

[39]

[40]

---

d'avoir vendu sa fille.

[54] Dictionaire des Voyages Tome IV. pag. 386. 387. Fula, Royaume d'Afrique. Lorsqu'un pere est resolu de marier son fils, il fait ses propositions au pere de la fille. Elles consistent dans l'offre d'une certaine somme, que le pere du mari doit donner à la femme pour lui servir de douaire; si cette offre est acceptée les deux peres et le jeune homme se rendent chez le pretre declarent leur convention et le mariage passe aussi-tôt pour conclu. — Ils ont le droit de renvoier celles, qui leurs deplaissent, mais en leur laissant la somme, qu'elles ont recue pour douaire.

[55] Millar, Observations sur les Commencemens de la Société, traduit de l'Anglois. Amsterd. 1773. p. 11. On dit que les habitans de l'Isle George connue sous le nom d'Otaïty sont dans l'usage de se livrer à leurs desirs avec toutes les femmes, qui leur plaisent, mais lorsqu'une femme devient grosse, le père suivant un ancien usage est obligé de l'épouser. Il paroit donc que chez ces peuples le soin des enfans est le seul motifs, qui ait fait établir le mariage.

[56] Dict. des Voyages, Tome III. page 387. Ceylon. Leurs mariages sont une pure céremonie, qui consiste dans quelques présens, qu'un homme fait à sa femme, et qui lui donnent droit sur elle, lorsqu'ils sont acceptés. Les peres ne laissent pas de donner pour dot à leurs filles des bestiaux, des esclaves et de l'argent. — S'ils ont des enfans les garçons demeurent au pere, et les filles suivent la mere. Les hommes et les femmes se marient ordinairement quatre

nachteilige Folgen, indem sie gleich ein anderer wider mit eben der Begirlichkeit auf die Probe sezt, als wenn ihre Jungferschaft ganz ungekostet wäre.[57] Die Gewohnheit unter den Taxilern und Brachmanen erklärt sich iezo selbst.[58]

Unter den Kamtschadalen[59] muss der Freier in dem Hause seiner Gelibten Dinste nehmen, und sich unter diser Zeit um ihre Gunst zu bewerben suchen. Erhält er den Beifall der Eltern, so darf er sie gleich auf der Stelle beschlafen, und den andern Morgen in seine Heimat führen. Nach Verlauf einiger Zeit kehren beide Verlobte wider zurük, und feiern erst iezo bei der Braut Eltern die Hochzeit. Unter den Mingreliern[60] Kalmaken[61] und L e i p z i g { f n s , 1 7 7 3 { f n s. S. 261. Indess sind dem Bräutigam schon zwei Jahre vor der Verlobung kleine Freiheiten bei der Braut erlaubt; doch muss er, wann vor der Hochzeit eine Schwängerung erfolgt, es bei der Braut Eltern durch Geschenke gut machen.

und Jaiker Kosaken[62] beschläft der Bräutigam seine Braut schon während der Zeit, da er noch die Summe des Ehkaufschillings aufzubringen hat, und es geschiht auch meistenteils, dass sie

---

ou cinq fois avant que de se fixer solidement.

[57] Travels through the Russian Empire and Tartary, Vol. I. ch. 56.

[58] Alexandri ab Alexandro Genial. dierum. Hanoviae, 1610. L. 1. cap. 24. fol. 40. Apud Taxilos Brachmanesque, si qua propter inopiam virum nancisci non posset, in forum virgo producebatur, et classica euocata turba, pudibundisque ostensis et reuelatis, cui complacita erat, nuptui dabatur.

[59] Hist. de Kamtschatka, des Isles Kurilski et des contrées voisines, trad. de l'Anglois par Eidous, Tome I. p. 193.

[60] Chardin, Voyage en Perse, Tome I. pag. 136. Laquelle demeure cependant toujours avec ses parens comme auparavant, mais ou son futur Epoux a la liberté de l'aller voir de tems en tems, d'où il arrive quelque fois, qu'elle est grosse avant les Epousailles. Quand le mari a amassé ce qu'il a promis, le père de l'Epouse prépare un festin solennel.

[61] M e r k w ü r d i g k e i t e n d e r M o r d u a n e n , K o s a k e n , K a l - m ü k e n , K i r g i s e n , B a s c h k i r e n { f n s etc. F r a n k f. { f n s

[62] Am a. O. S. 111. Es darf sich auch in diser Zeit der Bräutigam in der Stille schon die Freiheiten eines Ehemannes bei der Braut herausnehmen.

um dise Zeit schwanger wird. Sonderbar ist das Gepränge bei der Vermählung eines Negers auf der Goldküste mit einem unmannbaren Mädchen,[63] und dem Beispile von Kaiser Friderich III. zimlich gleichartig.[64]. Teil IV. Rostock, 1749. S. 105. „Er findet sie (die Braut) alsdann im Bette liegend, und er leget sich in seiner völligen Kleidung und in Gegenwart aller verehlichten Frauen, nur auf einen Augenblick ihr zur Seiten. Dise Comödie wird drei Tage nach einander gespilet, und nur am dritten Tage des Abends hat der Bräutigam Erlaubnis, sich ohne Zeugen mit seiner Braut zu Bette zu legen. Es würde ihm schimpflich sein, wenn er ihr eher etwas zumuten wollte. Endlich am virten Tage führt er sie in sein Haus." [42]

Wenn einer an der Massachusetsbay in ein Frauenzimmer verlibt wird, so erklärt er seine Wünsche ihren Verwandten, und wenn dise einwilligen, so gestattet ihm iene den Tarry, d. i. er darf eine Nacht bei ihr zubringen. Vater und Mutter entfernen sich um die gewöhnliche Stunde, und lassen die iungen Leute in Freiheit. Dise wachen hernach beieinander den grössten Teil der Nacht über, und legen sich am Ende zusammen ins Bette. Doch darf weder er seine Beinkleider noch sie ihren Unterrok ablegen. Wenn sie miteinander zufriden sind, so erfolgt unverzüglich die [43] Hochzeit; wo nicht, so scheiden sie sich, um einander nimals wider zu sehen; ausgenommen das Mädchen wäre schwanger geworden, da ist er (der Pursche) bei Strafe des Bannes ver-

---

[63] Lorsqu'une femme se marie trop jeune pour la consommation, l'usage demande quelques autres cérémonies. Le jour de la celébration, tous les parens des deux familles s'assemblent dans la maison du pere de la fille, et se livrent à la joie jusqu'au soir. Ensuite la jeune mariée est conduite au lit de son mari, mais sous les yeux de deux matrones. Cette formalité se renouvelle trois nuits consécutives, après lesquelles la jeune femme est rammenée chez son pere, pour y demeurer jusqu'à l'âge nubile. Le mari donne alors un akki d'or à chacune des deux matrones qui ont servi des gouvernantes à sa femme. Dict. des Voy. T. IV. p. 29. Négres du Côte d'or.

[64] Hiher gehört auch die Gewohnheit der Bukaren. D u H a l d e { f n s , B e - s c h r e i b u n g d e s C h i n e s i s c h e n R e i c h s u n d d e r g r o s s e n T a r t a r e y { f n s

bunden, sie zu heiraten.[65] Ueberhaupt fordern die Sitten der Wilden, dass der Libhaber seine Gelibte in den ersten Nächten mit grosser Schonung behandle. Man sehe davon die merkwürdige Beschreibung des Capitaine Cook,[66] und vergleiche dabei K r a f t e n.

[44] Der P. Lafitau scheint also von den Sitten der Amerikaner nicht genau unterrichtet gewesen zu sein, wenn er geglaubt hat, dass sie ein ganzes Jahr hindurch miteinander in der Ehe lebten, ohne sie zu vollzihen.

In Lithauen verweigern die Eltern gemeiniglich die Ehen ihrer Töchter solange, bis dise von den Freiern aus dem elterlichen Hause geraubt werden, und ihnen die Jungferschaft mit Gewalt genommen wird: dann geben sie erst das Hochzeitfest. Es ist auch bei ihnen wahrzunehmen, dass sie eine iunge Gattinn beständig für eine Jungfer halten, bis sie in die Wochen kömmt.[67] Der Professor Müller hat in Sibirien bemerkt, dass die Bräute dort ebenfalls geraubt und vor der Hochzeit beschlafen würden.[68] In den äussersten Nordländern darf die Neuvermählte ihren Mann, mit dem sie nicht zufriden ist, verlassen, und zu ihren Eltern

---

[65] Journal Encyclop. de Bouillon 1775. Tome V. P. III. p. 448.

[66] Journ. Encycl. T. V. P. III. p. 22. Les femmes de la Nouvelle-Zelande, quoique decentes et modestes, ne sont pas inaccessibles; mais elles se rendent et vendent leurs faveurs du consentement de leurs familles, qu'elles obtiennent ordinairement au moyen d'un présent convenable. Ces préliminaires établis, dit Cook, il faut encore traiter la femme pendant une nuit avec beaucoup de delicatesse, et l'amant, qui s'avise de prendre avec elles de libertés contraires à cet égard, est bien sûr de ne pas reussir dans son projet. Un des nos officiers ajout'il, s'étant addressé pour avoir une femme, à une des meilleures familles du pays, en reçut une reponse qui traduite en nôtre langue repond exactement à ces termes. Toutes ces jeunes femmes se trouveroient fort honorés de vos déclarations, mais vous devez d'abord faire un présent convenable, et venir coucher une nuit à terre avec nous, car la lumière du jour ne doit point être temoin de ce, qui se passera entre vous.

[67] Joach. Jo. Mader, de coronis nupt. Helmst. 1662. p. 55 et 57. Von den Abenakisen. Lafitau, Moeurs des Sauvages, T. I. p. 575.

[68] D. Joh. Georg Gmelins {fns Reise durch Sibirien, I. Teil. Göttingen, 1731. S. 143.

zurükkehren.[69]

„Wenn in Neufrankreich, sagt Kraft,[70], Prof. zu Soröe, aus dem Dänischen. Kopenhagen, 1766. II. Abth. §. 8.

sich eine Person verheiratet, so wird es für die grösste Schande gehalten, wenn die neuverheiratete Frau im ersten Jahre nach der Hochzeit schwanger wird; solange dises erste Jahr dauert, muss der iunge Ehmann sich zu seiner Braut stehlen, und sie nur allein des Nachts sehen." Wer siht nicht, dass hir erst nach der Vermählung die Probezeit gehalten wird? Man kan also iezt den wahren Grund der Ehstandssitte erkennen, die der P. Lafitau,[71] unter den meisten wilden Völkern von Amerika beobachtet hat,   [46] und iederman wird davon überzeugt werden, wenn er damit ver-

---

y veillent attentivement de leur part, et ils ont soin d'entretenir un grand feu dévant leur natte, qui éclaire continuellement leur conduite et qui puisse servir de garant, qu'il ne se passe rien contre l'ordre prescrit. Man sehe was Seite 575, darauf folgt, und vergleiche die Beobachtung des Ritter Cook im Journal Encyclopédique de Bouillon, Tome V. P. III. p. 22.

[69] N e u e r e   G e s c h i c h t e   d e r   P o l a r l ä n d e r. { fns Berlin, 1778. Th. I. S. 31. 32. „Wenn die Eltern den Antrag der alten Frauen annehmen, so rufen sie ihre Tochter zurük, um ihr die Sache zu hinterbringen, und dise reisst ihre Haare auseinander, bedekt sich damit das Gesicht und fängt an zu weinen, um gleichsam einigen Widerwillen zu erkennen zu geben, ohne jedoch den Antrag weder anzunehmen noch abzuweisen. Wenn sie in dem väterlichen Hause ihres Mannes angekommen ist, so bleibt sie eine Zeitlang sizen und fährt beständig fort zu weinen; die Eltern hingegen reden ihr zu, und sagen zu ihr, dass sie mit ihrem Mann zufriden sein würde. Diser kömmt darauf selbst herbei und nötigt sie, dass sie ohne Umstände sich an seiner Seite niederlegen möchte. Sie schlägt es anfänglich ab; allein er widerhohlt sein Bitten; sie gibt endlich nach und die Vollzihung der Heirat endigt die Ceremonie. Wenn es sich zuträgt, dass eine Neuverheiratete Ursache hat ihren Mann zu verlassen, so begibt sie sich zu ihren Eltern, die sie auch wider aufnehmen."

[70] D i e   S i t t e n   d e r   W i l d e n { fns zur Aufklärung des Ursprungs und

gleicht, was Home[72] und Millar[73] über disen Punkt gesammelt haben. Schon von dem ältern Sparta und Athen sind uns ähnliche Sitten bekannt. Spuren von der ehmals gehaltenen Probzeit siht man noch in Grönland, und es widerlegt sich daher die Behauptung eines gewissen Schriftstellers, dass ein Grönländer seine Neuvermählte, die ihm wegen seiner Unvermögenheit entlaufen ist, wider mit Gewalt zurüknehmen könne. In Afrika trift man die förmliche Probenacht unter den Hotentotten an.[74] Sie ist hir mit viler Gewalttätigkeit verknüpft, und geschiht etliche Tage vor der Trauung. Home hat davon dise Beschreibung: „Sobald als alle Materien unter den alten Leuten berichtigt sind, so wird das iunge Paar miteinander in ein Zimmer eingeschlossen, wo sie die Nacht zubringen, u m   m i t   e i n a n d e r   u m   d e n   V o r z u g   z u   s t r e i t e n , welches immer ein sehr ernsthaftes Werk wird, wenn sich die Braut recht zur Wehre sezt. Ist sie nun halsstarrig bis ans Ende, ohne sich zu ergeben, so wird der iunge Mann wider fortgeschikt; behält er aber die Oberhand, welches gemeiniglich geschiht, so wird die Heirat durch eine andere Ceremonie vollzogen, die nicht weniger sonderbar ist." Entweder ist dise Stelle vom Uebersezer unrecht verteutscht, oder Home hat seine Autoren nicht verstanden. Sie sprechen deutlich. Der Grund der Sitte ist kein abgeschmakter Streit um den Vorrang, sondern eine Untersuchung, ob der Freier die zureichende Leibsstärke besizt. Ebenden Endzwek hat auch die ähnliche Gewohnheit bei den

[47]

Aufnahme der Menschheit von J e n s   K r a f t { f n s

[71] Moeurs des Sauvages Américains, Tome I. p. 574. Il est de l'ancien usage parmi la plûpart des nations sauvages de passer la premiere année après le mariage sans le consommer. La proposition avant ce tems là seroit une insulte falte à l'épouse, qui lui feroit comprendre qu'on auroit recherché son alliance moins par estime pour elle, que par brutalité. Et quoique les époux passent la nuit ensemble, c'est sans préjudice de cet ancien usage; les parens de l'épouse

[72] V e r s u c h   ü b e r   d i e   G e s c h i c h t e   d e s   M e n s c h e n { f n s, Teil I. S. 224. u. 225.

[73] Observations sur les commencemens de la Societé.

[74] M .   P e t e r   K o l b e n s { f n s vollständige Beschreibung des Vorgebürgs der guten Hofnung. Nürnberg, 1719. Teil II. Brif IX. S. 452.

Kamtschadalen,[75] worauf hernach unmittelbar die Probenacht [48] folgt.[76]

---

[75] Histoire de Kamtschatka, Tome II. p. 191. Après qu'un amant a obtenû la liberté d'enlever sa maitresse, il epie l'occasion de la trouver seule ou dans la compagnie d'un petit nombre des personnes; car toutes les femmes du village sont obligés de la proteger; d'ailleurs elle à deux ou trois robes sur le corps, et elle est tellement entortillée de courroies et de filets, qu'elles n'a pas plus de mouvement, qu'une statue, si l'amant est assez heureux pour la trouver seule ou peu accompagnée, il se jette sur elle, et commence par lui arracher ses habits, ses filets et ses courroies; car toute la cérémonie du mariage consiste à la mettre nue. Page 193. — — S'il est assez heureux pour reussir, il s'enfuit à l'instant; et l'epouse pour marquer sa defaite, le rappelle d'un ton de voix tendre et flatteur et le mariage est conclû.

[76] Hist. de Kamtschatka, p. 193. Cette cérémonie finie, il a la liberté de coucher avec elle la nuit suivante, et le lendemain il l'emmene dans son village. Au bout de quelque tems le mari et la femme retournent chez leurs parens et l'on célébre le mariage de la manière, dont j'ai été témoin en 1739.

[49]

V.

Selbst bei Völkern, die sich zu einem hohen Grade von Cultur emporgeschwungen haben, findet man die ehliche Probzeit, oder es zeigen sich wenigstens Spuren von ihrer ehmaligen Beobachtung. Schon zur Zeit Mosis erfolgte bei den Hebräern unmittelbar auf das Verlöbnis der Beischlaf, und doch erhielt die Braut dadurch die Rechte einer Gemahlin noch nicht,[77] obschon sie, wenn sie sich hernach mit einem andern vergieng, als eine Ehebrecherin gestraft wurde.[78] Dise Probenacht ist bei ihnen nicht erst durch die Rabbinen eingeführt worden, wie der P.

[50]

Calmet glaubt,[79] sondern sie war schon in der ältesten Zeit herkommlich, wie Buxtorf[80] und Ugolini[81] erwisen haben. Die ausserordentliche Genauigkeit, mit welcher bei disem Volke die Zeichen der Jungferschaft gefordert worden, streitet nicht gegen unsere Gewohnheit. Denn kan man wol von der beiderseitigen Ehestandstauglichkeit der iungen Gatten besser überzeugt sein, als wenn iene Zeichen zum Vorschein kommen?

---

[77] Blasii Vgolini Thesaur. Antiq. sacrar. Vol. XVII. col. 1067. et Vol. XXX. col. 66. 68. 74. 784.

[78] Strodtmanns { f n s Uebereinstimmung der teutschen Alterthümer mit den biblischen. S. 77.

[79] Diss. sur les mariages des Hebreux dans son Commentaire lit. sur l'ancien et nouveau Testament. Paris, 1713. p. 160. L'engagement par la cohabitation étoit selon les Rabbins permis par la loi; mais il avoit été sagement défendu par les anciens, à cause du danger et des inconvéniens des mariages clandestines et des plusieurs autres abus aisez à concevoir. Selden, in Vxore Hebraea, L. II. c. 2.

[80] Diss. de sponsal. et divort. in Tom. XXX. Antiquit. sacr. col. 66.

[81] De Vxore Hebraea, C. V. §. 4 in Vol. XXX. Antiquit. Venetiis 1766. col. 286.

Man sehe hierüber die Betrachtung des Hofrath M i c h a e l i s zu Göttingen.[82]

Ihre Philosophen, die praktischen Essener, hiengen den alten Gebräuchen am strengsten an, und nahmen daher ihre Weiber vorher drei Jahre auf die Probe, ehe sie sich förmlich mit ihnen verheirateten, und enthielten sich ihrer Umarmung wider, wenn sie zur Zeugung untüchtig geworden waren.[83] Die Grichen und Römer, die sich besonders angelegen sein liessen, das Andenken ihrer Ursitten durch eigene symbolische Gebräuche zu erhalten, haben ebenfalls davon Ueberbleibsel aufbewahrt. Es ist bekannt, dass bei ihnen das feierliche Hochzeitmahl[84] und die förmliche Heimführung[85] zum Beweise einer vollzogenen Ehe dinten. Noch ehe bei den Grichen dise beiden Ceremonien vor sich giengen, durfte der Bräutigam seine Braut in ihres Vaters Wohnung beschlafen.[86] Lykurg, der bei seiner Gesezgebung immer am wenigsten von den ächten Sitten der Menschheit abwiech, befahl den Spartanern, dass sie ihren neuvermählten Weibern solange verstohlener Weise beiwohnen sollten, bis sie schwanger würden.[87] nach der Uebersezung R a m b a c h s { f n s , Teil II. Halle, 1776. S. 537. Sihe auch Nic. Cragium de republ. Lacedaemon. Lugd. 1670. L. III. Instr. VII, p. 226 sequ. Wenn man dieselbe mit etlichen andern Sitten der amerikan. und asiatischen Völker vergleicht, so ist klar, dass es ursprünglich nichts anders, als die Haltung der Probzeit gewesen.

Im ältern Rom musste die Braut nach dem geschehenen Beilager etliche Zeit in einem besondern Gartenhause zubringen, ehe ihre

[51]

---

[82] M o s a i s c h e s   R e c h t { f n s , II. Teil. Frankf. am Main, 1776. §. 92. S. 164.

[83] Z i m m e r m a n n { f n s , von der Einsamkeit, S. 60.

[84] Jo. Guil. Stuck Tigur. Antiquit. conviv. L. I. c. 24. Inter opera. Amstel. 1695. Tom. I. pag. 110.

[85] Heinecii Antiquit. Rom. Synt. L. I. Tit. X. §. 4, p. 145.

[86] Jul. Pollux Onomast. L. III. cap. 3. u. 4.

[87] Man sehe die merkwürdige Beschreibung beim P l u t a r c h { f n s in Vita Lycurgi, und bei P o t t e r   i n   d e r   G r i c h i s c h e n   A r c h ä o l o g i e { f n s

[52]

Ehe durch die Heimführung, durch das Ehkaufsgepränge und durch die Confarreation die gewisse Bestätigung erhielt.[88]

---

[88] Nic. Hier. Gundling, de emptione vxorum, dote et Morgengaba. Lips. 1744, C. I. §. 14. p. 13. Rad. Forner, rerum quotid. Paris 1606. L. III. c. 29. fol. 121b. P. Perrenonii Animaduers. et var. lect. L. I. c. 6 et 9. In Ottonis Thesauro Jur. Rom. Tom. 1, p. 600 et 602.

VI.

Bei den meisten Völkern finden sich also Kennzeichen der Probenacht. Und wenn sie mit gewissen ähnlichen Gebräuchen anderer Nationen verglichen werden, so kömmt man zur Erkenntnis einer allgemeinen Ursitte der Menschheit. Auch die Wahrnehmung, dass vile Gebräuche unter den Menschen, die man verschiden zu sein glaubt, oder die wenigstens moralische Unschiklichkeiten an sich zu haben scheinen, aus einer und ebenderselben Quelle herrühren, wird dadurch ungemein beleuchtet und ins Klare gebracht. Sie sind meist in der physischen Beschaffenheit unsers Körpers gegründet, und bestehen daher mit der natürlichen Unschuld unsrer Gattung sehr gut. Fast alle rohen Völker auf dem Erdboden sind bei ihrer Verheiratung auf die Zeichen der bewahrten Jungfrauschaft aufmerksam, und verlangen diselbe bei ihren Bräuten ohne Nachsicht.[89] Andere Nationen scheinen [54] über disen Punkt etwas gleichgültiger zu sein,[90], Teil II. §. 6. „Es lebte damals niemand ohne tägliches Ehebrechen und dieses ohne alle Furcht, also dass ihr Beysammenwohnen nichts weniger als einem wahren Ehestand gleich sah, und in der Sach selbst war alles gemein; die Eifersucht aber ein unbekanntes Thier unter ihnen war. Ja es besuchten sogar einander, und das nicht selten, die benachbarte Völkerschaften in der einzigen Absicht, etliche Tage im öffentlichen Luderleben untereinander zuzubringen, bey

---

[89] Zu der grossen Menge Reisebeschreibungen und Beobachtungen gehört insbesondere Niebuhr, Description de l'Arabie, Tome I. p. 31 suiv. Leo African, in descript. Africae, L. III. c. 34.

[90] Recherches Philosophiques sur les Américains par M. de P. Berlin 1769. Tome I. p. 194. Tandis que le Landinois ou les Peruviens soumis aux Espagnols ne se marient aujourd'hui qu'avec des filles, qui ne sont plus vierges; ils se croiroient déshonorés si leurs femmes n'avoient couché avec plusieurs amants avant leurs noces. N a c h r i c h t e n { f n s v o n K a l i f o r n i e n { f n s

welcher Gelegenheit alles preis war." Dictionaire des Voyages, Tome I. p. 96. Avant le mariage non seulement les filles se livrent sans honte aux hommes libres, mais leurs parens même les offrent au premier venu, et carressent beaucoup leur amant. Mais lorsqu'elles sont attachées par des promesses; seule formalité qui le lie, on cesse de les soliciter; elles cessent elles mêmes de prèter l'oreille aux sollicitations, et celles, qui manqent à leur engagement sans l'aveu de leur mari sont assomées sans pitié.

und verschidene Völkerschaften in Asien erlauben ihren unverheirateten Töchtern, sich der öffentlichen Wollust in dem Tempel preis zu geben.[91] Unter den Afrikanischen Stämmen werden vorzüglich die Mädchen zu Gattinnen ausgesucht, die ihre Reizungen vile Jahre auf Wucher gesezt, und schon im ledigen Stande Kinder gebohren haben.[92]. Z ü r i c h 1 7 7 0 . { f n s Band I. S. 355. Um sich aber bessere Begriffe von diser Gewohnheit zu machen, als unser Autor, muss man die Stellen damit vergleichen, die ich in diser Nachbarschaft herum anführe.

An andern Orten wird die Schöne dem Fremden bei seiner Ankunft zum Beischlafe angeboten, und macht er von diser vorteilhaften Anerbitung Gebrauch, so strebt hernach ieder Bidermann nach der Ehre, ihr Gemahl zu werden.[93], Bd. I, Vers.

---

[91] Alexander Sardus Ferrariens, de moribus ac ritibus gentium. Edit. Clausingii, L. I. cap. III. pag. 586. Alexander ab Alexandro Genial. dier. L. I. cap. 24. fol. 40.

[92] Hist. Génér. des Voyages, Tome IV. L. VII, ch. 13. §. 1. Tome VI. L. XIV. ch. 3. §. 4. Voyages de Jesuites, Vol. II. p. 446. Alex. ab Alex. L. I. c. 24. fol. 40 I s a a k J s e l i n { f n s über die G e s c h i c h t e d e r M e n s c h h e i t { f n s

[93] Relation d'Islande dans le Recueil des Voyages au Nord. Amsterdam 1715. Tome I. pag. 35. Les filles, qui sont fort belles dans cette Isle, mais fort mal vetûes vont voir ces Allemans, et ofrent à ceux, qui n'ont pas des femmes de coucher avec eux pour du pain, pour du biscuit et pour quelqu'autre chose de peu de valeur. Les pères mêmes, dit-on, présentent leurs filles aux Etrangers. Et si leurs filles déviennent grosses, ce leur est un grand honneur. Car elles sont plus considerées et plus récherchées par les Islandois, que les autres. Il y a même de la presse de les avoir. Dictionaire des Voyages, Tome I. p.

VI. S. 204.

Ueber die Brautnacht selbst hat es bei den südlichen und nördlichen Völkern ganz entgegenstehende Gewohnheiten. Bei ienen   [56]
wird sie den Fremden oder geringern Personen, und nicht selten
neben der Bezahlung überlassen und für ein entehrendes Werk
gehalten;[94] dahingegen sie bei disen nur ein Vorrecht des Herr-
schers, des Adels, oder, besonders in Indien, der Pristerschaft   [57]

Garcilasso de la Vega, L. II. chap. 19. Buffon hist. nat. L. VI. ch. 11. p. 107.
196 et 357. Hist. génér. des Voyages, L. IX. ch. 1. p. 311. ch. 7. §. 4. p. 357.
— L. X. chap. 4. pag. 329 suiv. et pag. 589.
108. Angoy, Royaume sur la Côte de Congo. Les femmes, qui récoivent
des étrangers dans leurs maisons sont obligées de leur accorder leurs faveurs
pendant les deux prémières nuits. Aussitôt qu'un Missionaire Capucin arrive
dans le pays, ses intérprêtes avertissent le public, que l'entrée de sa chambre est
intérdite aux femmes. Dise Vorrechte der Fremdlinge erstreken sich zuweilen
auch auf Eheweiber. A. a. O. p. 346. B e n i n { f n s. La Jalousie des Négres
est fort vive entre eux: mais ils accordent aux Européens toutes sortes de
libertés auprès de leurs femmes; et cette indulgence va si loin, qu'un mari, que
ses affaires appellent hors de sa maison y laisse tranquillement un Européen,
et recommande à sa femme de le réjouir et de l'amuser; d'un autre côté c'est
un crime pour les Négres d'approcher de la femme d'autrui. Dans les visites,
qu'ils se rendent entr'eux, leurs femmes ne paroissent jamais et se tiennent
renfermées dans quelque appartement intérieur; mais tout est ouvert pour un
Européen, et le mari les appelle lui-même lorsqu'elles sont trop lentes à se
présenter. Von den Einwohnern zu Otaheite aus B o u g a i n v i l l e   H o m e
im V e r s u c h e   ü b e r   d i e   G e s c h i c h t e   d e s   M e n s c h e n { f n s
[94] Histoire de Kamtschatka. Lyon 1769, Tome II. p. 196. Ces cérémonies
n'ont lieu, que dans un premier mariage. Les personnes veuves peuvent se

ist.[95] Oriental. Reisen Th. I. C. 17. R o g e r { f n s im Heidentum, P. I. cap. 11. pag 99. Alex. Sardus L. I. c. 5. p. 589. Rottmanni Rit. nuptur. c. 15. Grupe, de Vxore Theotisca, C. I. p. 1. seqq., der zwar die Sache beim neuern Europa läugnen will, allein er ist teils in I s e l i n s   V e r s u c h   ü b e r   d i e   G e s c h i c h t e   d e r   M e n s c h h e i t { f n s, Band I. S. 333. widerlegt, und teils hat sich die Sache durch neuerlich entdekte Dokumente aufgeklärt. Vergl. Conr. Phil. Hoffmanni Diss. de die ac nocte nuptiali. Regiom. 1743. §. 6. 7. p. 53. 54. B a u m a n n s { f n s Statistik von Asien, S. 406.

Ebendaher verehrt man in Egypten und andern Asiatischen Ländern die plözliche geile Ueberraschungen, die von den Mönchen auf der Strasse geschehen, als andächtige Handlungen.[96] Man findet die Brautnacht noch in andere Gebräuche gehüllt, die uns zweifelhaft lassen, welchen moralischen Begrif man damit verband. Von der Art ist z. B. iener, wo die Braut vorher von allen Hochzeitgästen oder Verwandten, und am Ende erst vom Bräutigam beschlaffen wird.[97]

[58]

Dem Anscheine nach sollte alles dises die Richtigkeit unsrer Beobachtung von der Allgemeinheit der ehlichen Tüchtigkeitsprobe bei den neuen Gatten bezweifeln. Der erste Einwurf von der Sitte, die Kennzeichen der bewahrten Keuschheit bei der

---

marier, lorsqu'il leur plait; mais le mari ne peut coucher avec sa femme, qu'on ne lui ait oté ses pechés. Il faut, que ce soit un étranger, qui le fasse, en couchant une nuit avec elle; mais comme cette fonction passe pour très deshonnorante chez les Kamtschadales. — — — Alex. ab Alex. L. I. cap. 24, fol. 40b.

[95] P. Greg. Tholos. de Republ. L. IX. C. I. n. 45 P e t.   W i l h.   V e l t h u r t e n s { f n s Schiffahrtserzehlung. Alex. ab Alex. L. I. c. 24. fol. 40b. L i n s c h o t e n { f n s

[96] Z i m m e r m a n n { f n s, von der Einsamkeit. S. 20.

[97] Alex. ab Alex. L. I. c. 24. fol. 40b. — Alex. Sardus. L. I. c. 5. p. 589. — Jo. Guil. Stuck, Antiquit. Conuiv. inter opp. Lugd. et Amsterd. 1695. Tom. I. L. I. c. 24. p. 111. — Alex. Velutell. L. I. c. 24. Apud Troglodytas foeminas viris desponsatas cognati affinesque producunt, illasque promiscuis adulteriis patere sinunt; postea perpetuae pudicitiae adscriptae seuerissimis poenis vel minima coniectatione, si deliquissent, coercebantur.

Verheiratung zu fordern, ist auch wirklich sehr wichtig, indem nicht geläugnet werden kan, dass dises bei allen rohen und Urvölkern gebräuchlich gewesen und zu vermuten ist, dass bei einer Probzeit die Jungfrauschaft verloren gehen muss, folglich bei der erst lange darauf folgenden Vermählung nicht mehr bewisen werden kan. Nichtsdestoweniger wird man bei der nähern Untersuchung diser Sitte finden, dass sie in den ältesten Zeiten neben der Probzeit in Uebung gewesen ist, und in der Folge mit iener einerlei Endzwek gehabt hat. Weil die Absicht der Ehestandsprobe nur dahin gieng, die wechselseitige Zeugungstauglichkeit zu erforschen, so war sie schon erreicht, wenn der Bräutigam die Beweise der iungfräulichen Keuschheit erhalten hatte. Es konnte der Fall, dass die Ehe nicht zu Stand käme, und folgbar das Frauenzimmer mit einem andern neue Proben machen müsste, aus dem Grunde nicht entstehen, weil derienige, der ihr einmal die Jungferschaft geraubt hatte, sie notwendig zur Ehe behalten musste. Es ist auch zu glauben, dass verschidene Völker bei mehrerer Polizirung die Probenacht wegen ihres leichten Misbrauchs abgeschaft, und allein die Auffindung der iungfräulichen Kennzeichen beibehalten haben, als wodurch ebenderselbe Endzwek erreicht wurde. Denn wo unstreitige Beweise der geraubten Jungferschaft vorhanden sind, da müssen gewiss die wechselseitige Zeugungsfähigkeiten ausser Zweifel sein. Ebensowenig als dise Hauptsitte der Probenacht widerspricht, sowenig geschiht es von den andern. Vile Philosophen haben es bemerkt, dass bei den meisten Gewohnheiten, die oben erzehlt wurden, die Versicherung der weiblichen Fruchtbarkeit die Hauptabsicht gewesen. Sie kommen daher auch so weit mit der Probzeit überein, als sie die Früchte des Ehestands befördern helfen, und sind nur darinn verschiden, dass sie etwas einseitig und bei einer zufälligen Untauglichkeit der Mannsperson ienen Hauptzwek der Begattung dennoch verfehlen. Die Sitte, dass der Genuss der Brautnacht fremden Personen überlassen wird, scheint von einer gewissen Schlaffheit der männlichen Körper

[59]

herzurühren, und da wäre ungefehr wider ebenderselbe Endzwek, wie bei der Probenacht, vorhanden. Denn was disen Männern selbst an zureichender Leibesstärke und Mannheit abgeht,[98] das wissen sie durch andere tauglichere Subiekte zu ersezen, und ihre Ehe, die ohne dises Hilfsmittel ganz unfruchtbar bleiben müsste, ihrem Zweke näher zu bringen. Man darf desto weniger zweifeln, dass sich der Fall in heissen Ländern häufig zuträgt, als man selbst in verschidenen grossen Städten Europens dergleichen sichere Erfahrungen gemacht hat. Zu was für verzweifelte Mittel zuweilen die Amerikanerinnen bei der Kaltblütigkeit ihrer Männer die Zuflucht nehmen, das sehe man in der Note.[99]

Jene Gewohnheiten, wo sich die Mädchen in öffentlichen Tempeln der gemeinen Wollust überlifern, oder wo die Hochzeitgäste die ersten Früchte ihrer Annehmlichkeiten pflüken, oder wo nur dieienigen unter ihnen sich die gröste Hofnung zum Heiraten machen dürfen, die schon im ledigen Stand vile Kinder

----

que l'a observé Améric Vespuce témoin oculaire et auteur exact, dont nous nous faisons une loi de citer les propres termes à la nôte. Mulieres eorum faciunt intumescere maritorum inguina in tantam crassitudinem, vt deformia videantur et turpia: et hoc quodam earum artificio et mordicatione quorundam animalium venenoforum, et huius rei causa multi eorum amittunt inguina, quae illis ob defectum curae flacescunt, et multi eorum restant eunuchi. — Quelqu'étrange, que soit cet usage, il ne faut y chercher qu'un remede extrème contre le vice de la constitution. L'ardeur d'un sexe et la tiedeur de l'autre étoient, comme en contradiction; il falloit par industrie rapeller au chemin de la nature ceux, qui s'en écartoient.

[98] Lintschottens Orient al. Schiffarth { fns P. I. c. 33. erzehlt von den Einwohnern in Goa: „Dass, wenn ihre Tochter eine Braut, dieselbe mit grossem Triumph, allerley Instrumenten und Saitenspiel, dem Bräutigam zu sonderbaren Ehren und vermeinten Ruhm, vor ihrem Pagode oder Abgott, an dessen Bildnis ein männliches Glied von Helffenbein gemacht ist, gefüret werde. Dieser scheussliche Priapus muss der Braut ihre Jungferschaft mit schmerzlicher Gewalt nehmen, indem ihre nächsten Freunde so ungestümlich darauf stossen und andrücken, dass sie jämmerlich schreyet und heult, aber vor dem Gethön der dabey erschallenden Instrumenten nicht gehört wird. Man lässt sie nicht eher wieder loss, bis das Blut zu einem Wahrzeichen an dem unflätigen Gott hangen bleibt. Drauf wird die Braut dem Bräutigam überant-

gebohren, oder sonst ihre Keuschheit am meisten verwahrloset hatten, scheinen blos auf der Seite des weiblichen Geschlechts alle Zeugungshindernisse und Anstände hinwegzuräumen; dahingegen die Gebräuche, wo die Bräute mit der grösten Gefahr und mit viler Mühe geraubt werden,[100] und andere Ceremonien [62] vorgehen, die eine solche Gewalttätigkeit anzeigen, oder wo der neue Ehemann die ersten Nächte mit seiner Gattin sehr heimlich, und mit viler Ungemächlichkeit zubringen muss, zu der Gattung zu gehören, welche die Erprobung der männlichen Leibesstärke zum Grunde ihrer Einführung hat. Alle dise hochzeitlichen Ceremonien haben also Verwandtschaft mit der Probnacht, und man erkennt, wie allgemein ehemals auf die Bevölkerung gearbeitet worden ist. Der Herr von Paw[101] hat hierüber schöne Beobachtungen angestellt, und sie passen auf unsern Gegenstand vollkommen.

Home[102], G e s c h i c h t e   d e r   M e n s c h h e i t { f n s, Band I. S. 332, gerät auf ebendenselben Irrtum.

---

wortet, welcher sich höchlich erfreuet, und es für eine grosse Wohlthat achtet, dass ihm der Pagode so viel Ehre angethan, und ihn einer so grossen Mühe und Arbeit überhoben habe."

[99] Recherches philos. sur les Américains, Tome I. page 63. Le defaut des femmes Américaines avoit peut-être fait naitre ce goût pour la non-conformité dans des hommes indifférents, qu'une jouissance aisée ne tentoit point. Cela est d'autant plus croiable, que dans plusieurs endroits ces femmes tachoient de remédier au défaut physique de leur organisme, en faisant enfler singulièrement le membre génital des hommes; elles y appliquoient entr'autres drogues des insectes vemineux et caustiques, qui étant irrités jusqu'à la fureur occasionoient par leur piqueure une extumescence considérable et prèsque monstreuse; ainsi

[100] Alex. ab Alex. Gen. dier. L. I. c. 24. fol. 40b. — Alex. Sard. de mor. gent. L. I. c. 4. p. 587. — Home Versuch über die Geschichte des Menschen, Teil 1. S. 225. 226. — Hist. de Kamtschatka, T. II. p. 99. — Merkwürdigkeiten der Morduanen, Kosaken etc. S. 9. — Cleffel Antiqu. Septentr. C. I. §. 8. — Stiernhöök, de Jure Sueon. et Goth. vet. L. II. cap. I. — Lafitau Moeurs des Sauvages. Tome I. page 576.

[101] Recherches sur les Américains, Tome I. p. 62.

[102] U e b e r   d i e   G e s c h i c h t e   d e s   M e n s c h e n { f n s, Bd. I. Vers. VI. S. 224. — J s e l i n { f n s

deutet den symbolischen Raub der Bräute auf den Sklavenstand, worein nach seiner Meinung die Gattinnen unter allen rohen Völkern geraten sollen. Die erste Quelle diser Sklaverei siht er in dem Ehkaufsgepränge; hirdurch erwerbe sich nemlich der Gemahl das Eigentum seiner Libsten, und sei deswegen berechtiget, sie als seine Magd zu behandeln. Wie sehr verkennt er hir nicht den wahren Ursprung des Ehekaufs! Bei allen Barbaren sind die Weiber, so wie die Minderjährigen, unter der M ü n d e[103] des Mannstamms; das ist, ihm ligt die Sorge ihrer Verteidigung und Bewahrung für allen Unfällen ob; dagegen bleibt er auch nach ihrem Tode in dem Besize ihres Vermögens. Durch die Heirat kömmt die Frau unter die Mundbürde ihres Gemahls, oder des Geschlechts, zu welchem er gehört. Der Vater, oder die Familie, von der sie ausgeht, verliren also den Vorteil, den ihnen einmal ihre Vererbung eingebracht hätte. Sie lassen sich daher zur Entschädigung beim Verlöbnis eine gewisse Summe ausbezahlen oder Geschenke reichen, und das ist der sogenannte Ehekauf. Man siht seine Beschaffenheit in unsern barbarischen Gesezbüchern ganz deutlich. Ich kan aber, um nicht zu sehr abzuschweifen, und um eine Sache, die in einem andern Werke vorkömmt, nicht zweimal abzuhandeln, iezo nur die Longobardischen[104] anführen, und berufe mich wegen dem Weitern auf einen Schriftsteller,[105] der bereits das alte Mundium, (wie es in der Urkundensprache heist) aus Angelsächsischen Gesezen dargestellt hat. Unter andern Gründen führt Home[106] auch die Wahrnehmung für sich an, dass bei allen rohen Völkern die Weiber die Haus- und Feldgeschäfte verrichteten. Allein, wie wenig ward hir widerum den Ursachen der Dinge nachgespürt!

---

[103] Spelmann in Glossar. Archaeol. p. 423. Mund.

[104] Rothar. R. Longobard. Lex 187. 188. 190. 191. 195. 196. 197. 216. 217. 388. — Luitprandi L. VI. c. 47 et 61. ap. Muratori script. rer. Ital. T. I. P. II. p. 30. 31. 33. 48. 70. 73.

[105] Grupe, de Vxore Theotisca, pag. 244 et seqq.

[106] V e r s u c h   v o m   M e n s c h e n { f n s , Band I. Seite 210. 211. 212.

Zeigte nicht schon Kraft,[107] dass dises von dem Wahne der Wilden herrühre, als wenn in dem weiblichen Geschlechte eine gewisse allgemeine Befruchtungskraft läge, wodurch alles, was sie berührten, einen gedeihungsvollen Wachsthum erhielte? Unter allen rohen Völkern ziht der rüstige Mann in den Krieg, oder geht auf den Strassenraub aus; indes das fleissige Weib, der entkräftete Greiss und der schwächere Knabe zusammen den Landbau und Wirtschaft besorgen. Sind dise deswegen Sklaven des Erstern? — O wenn werden wir einmal aufhören, den eiteln Tand des Ausländers zu begaffen, und darüber die bessere Waare unsrer eigenen Landsleute zu vergessen! Wahr ist's, unter etwas kultivirtern Nationen im Morgenlande geht die Ablösung der Münde zuweilen in einen Kaufhandel über, und an sehr [65] vilen Orten werden die Weiber in einem Zustande angetroffen, der von der wirklichen Sklaverei eben nicht sehr verschiden ist. Wenn man aber dise Gegenden geographisch untersucht, so zeigt sich's, dass sie unter lauter heissen Himmelsregionen ligen.[108] In solchen Erdstrichen steigt nicht selten der weibliche Trib zur Begattung bis zu einer Art von geiler Wut.[109] Die Männer, die dort zumal von schwächerer Gattung sind, verliren alle Achtung gegen sie, und haben keine Ursache, sich um dasienige erst durch Gefälligkeiten und mit emsiger Geschäftigkeit zu bewerben, was ihnen mit frecher Stirne freiwillig angeboten wird.[110] Wie entgegengesezt sind aber nicht die Sitten in den gemässigtern und rauheren Gegenden des Erdbodens. Da macht die kältere Luft die Weiber frostig und spröde. Sie sind unempfindlich gegen alle Tribe, die bei ihnen die Männer erregen wollen, und diss vermehrt gerade die Begirlichkeit der Leztern; deren Hize, während dem die scheinbare Tugend sie mit Hochachtung erfüllt, beständig

---

[107] S i t t e n d e r W i l d e n { f n s , Abth. III. §. 48.

[108] Vortreflich ist die Untersuchung des Hrn. von P. Tome I. des Recherches sur les Américains, p. 61 geraten.

[109] Montesquieu, Esprit des loix, L. XVI. ch. 10. Tome II. p, 143. 144.

[110] Montesquieu, Esprit des loix, L. XVI. ch. 10. Tome II. p. 144.

[66]
angefacht wird, die Neigung diser stolzen Geschöpfe einmal zu überwinden. Daher das Ansehen des Nordischen Frauenzimmers, sein Stolz und seine Gewalt in allen öffentlichen Angelegenheiten.[111] Auf der andern Seite aber auch die sittliche Verfeinerung des männlichen Geschlechts, seine schlaue Bigsamkeit und Galanterie. Die verschidene Behandlungsart der Weiber hängt ganz von dem Einflusse des Klima ab. Der Ehekauf hingegen ist in Norden, wie in Süden, im Gebrauche und verursacht nimals eine Herabwürdigung. Wenn H o m e mehr aus Reisebeschreibungen gesammelt, mehr dem Stande des Menschen nach den verschidenen Graden seiner Kultur nachgeforscht, mehr die Gattungen untereinander verglichen, und die Quellen ihrer Verschidenheit aufgespürt, endlich das Allgemeine von dem Zufälligen iederzeit sorgsam genug abgesondert hätte, so würde sein VI. Versuch des I. Buchs gewiss besser geraten sein, und eine ganz andere Gestalt bekommen haben, als wir ihn wirklich besizen. Der Behauptung, dass die bessere Behandlung des weiblichen Geschlechts erst

[67]
aus der Sittenverbesserung entstanden sei, will ich die gerade entgegenstehende Bemerkung K r a f t e n s[112], Hauptst. IV. — Charlevoix Hist. de Paraguai, Tome II. L. VIII. — D a p p e r v o n L o a n g o u n d M o n o m o t a p a { f n s. Relation de

---

[111] G o t t f r i e d S c h ü z e { f n s, Lobschrift auf die Weiber der alten nordischen und teutschen Völker, S. 14 bis 155. — Chambord, Dissert. sur l'estime et la considération, que les anciens Germains avoient pour leurs femmes. Vol. V. des Mem. de l'Acad. de Belles-Lettres, pag. 330. — Montesquieu Esprit des loix, L. XVI. Ch. II. p. 145.

[112] S i t t e n d e r W i l d e n { f n s, Abteil. II. §. 25. „Bei einigen wilden Völkern ist die Regierung unstreitig in den Händen der Weiber, ob sie schon solche jederzeit durch die Männer verwalteten. Man kan einiger Massen auf die Muthmassung geraten, dass das schöne Geschlecht in den ältesten Zeiten keine geringere Gewalt, oder doch nicht weniger als das männliche Geschlecht zu befehlen gehabt habe. Nicht allein in manchen Gegenden in Amerika, sondern auch in Afrika findet man noch in neuern Zeiten ein solches Frauenregiment, und in der alten Geschichte sind deutliche Beweise genug, dass es in den ältesten Zeiten ebenfalls statt gefunden habe.“ — A l l g e m e i n e G e s c h i c h t e v o n A m e r i k a { f n s

la Tartarie, Tome III. des Voy. au Nord. p. 177. Ils diffèrent
d'avec les Chinois en ce qn'ils ne retiennent pas leurs femmes au
logis avec tant de précaution, ni si étroitement, de sorte qu'elles
se trouvent quelquefois dans les Compagnies et Assemblées des
hommes, et c'est pourquoi ceux de la Chine les font passer pour
des foux.

an die Seite stellen, und denn auf das hinweisen, was der
verständigere M i l l a r[113] gesammelt und der P. L a f i t a u[114]
auseinandergesezt hat.

---

[113] Observations sur les commencemens de la Société, page 54 et 55.
[114] Moeurs des Sauvages Amériquains, comparées aux Moeurs des prémiers
temps. Paris, 1724. Tome I. pag. 77 suiv.